La Montálvez
Vol.I

José María de Pereda

Copyright del texto © 2023 Culturea ediciones
Sitio web : http://culturea.fr
Impresión: BOD - Books on Demand
(Norderstedt, Alemania)
Correo electrónico : infos@culturea.fr
ISBN :9791041810611
Depósito legal : abril 2023

La Montálvez Vol.I

I

Pulcro y rollizo; suave y risueño, y, al mismo tiempo, solemne y espetado; vulgar obscuro de meollo; rico, huérfano y libre; sin nervios ni hieles en el cuerpo, ni señal de polvo de las aulas en la ropa; vicioso a la chita callando; enamorado de su estampa, de su talento, de su elocuencia, y especialmente de los timbres de su linaje, y dejándose correr, con todas estas ventajas, a lo largo de la vida en lo más substancioso de ella, sin otros fines que el regalo de la querida persona, con la satisfacción de todos los apetitos, pero sin prefacios de grandes desvelos, ni epílogos de incómodas harturas... eso era el caballero marqués de Montálvez (título con polillas, de puro rancio); eso era en los tiempos de su mocedad; y así fue tirando el pobre, sin visible quebranto en la salud, aunque con muchos y muy gordos en el caudal, hasta que le apuntaron la calvicie en el cogote y la pata de gallo en los ojos. Entonces se decidió a casarse; y contra lo que era de esperar de sus devociones y pujos aristocráticos, partió su blasonado lecho con la hija única de un rico ex contratista de carreteras y suministros, rozagante y frescachona, eso sí, pero no tan hermosa, seguramente, como él la pintaba, quizás en su empeño de justificar con la ley irresistible de una pasión desinteresada, una caída desde lo más alto de las cumbres de su vanidad.

El mundo, del cual era el marqués uno de los más brillantes sustentáculos, lo vela muy de otro modo; pero el recién casado no paraba mientes en ello, o fingía no pararlas. Lo cierto es que la hija del rico ex contratista hacía a maravilla el papel de marquesa; que el marqués alimentó no poco la extenuada corriente de sus caudales con el copioso manantial del bolsón de su suegro; que éste parecía muy complacido viendo cómo lucían sus prodigalidades en la flamante jerarquía de su hija; que la encopetada sociedad de la corte, a pesar de sus escrúpulos y reparos de estirpe, propalados de oreja en oreja a escondidas de los despellejados, abría de par en par a éstos las puertas de sus salones, y que no eran las galas, ni el esplendor, ni el natural donaire de la advenediza, lo que menos se aplaudía en ellos.

Cerca de dos años llevaba de consumado este matrimonio, y aún no daba señales de lo que el marqués anhelaba con un ansia y un afán tan poco disimulados, que más de una vez dieron motivo a los ingeniosos epigramas de la gente encopetada, los cuales caían después, sin saberse cómo, en medio de la vía pública, donde los recogían estudiantes, gacetilleros y otras gentes nocivas, que los propalaban y esparcían por toda la capital, y aun fuera de ella. Es muy singular el don que tiene Madrid, con ser tan grande en comparación con una aldea, para vulgarizar tipos, acreditar frases y poner motes.

Lo que el marqués deseaba con tan descomedidas ansias, era un hijo varón; pero llegaron a pasar tres años, y lo deseado no venía. Al cumplirse los cuatro hubo grandes barruntos de algo. Pero ¿qué sería? Y esto se preguntaba a cada instante el buen marqués, y esto le preguntaban a cada hora sus amigos y conocidos; y por adivinarlo, aceptaba y rechazaba, según que se ajustaran o no a sus deseos, cuantos síntomas y fenómenos internos y externos acepta como artículos de fe la observación del vulgo, cuando la marquesa dio a luz una hembra.

Dudo mucho que se reciba con peor talante a un huésped desconocido que se mete a las dos de la mañana en casa de su prójimo, robándole el sueño y alborotándole el hogar, que a la recién nacida en el de sus padres, en cuanto el doctor proclamó, en voz desfallecida y con gesto de terciana, el sexo que la había tocado en suerte.

Bautizáronla con un poco de fausto, por el qué dirán, pero a regañadientes; pusiéronla, como un castigo, el nombre de Verónica, entre el barón de Castañares y la condesa viuda de Picos Pardos, que fueron sus padrinos de mala gana; y por esto, y por el nombre, y por el chasco y por todo lo imaginable, la fábrica de epigramas funcionó sin descanso y la pusieron el aún mal desengrasado pellejito lo mismo que si la inocente criatura hubiera sido causa voluntaria de aquellas caritativas expansiones del ingenió maleante de los aristocráticos amigos de su casa.

La entregaron inmediatamente al pecho mercenario de una nodriza; y por la razón o el pretexto de que su madre no había quedado para atender a los cuidados molestísimos de su crianza, se acordó que la nodriza se la llevara a su aldea, en el riñón de la Alcarria.

Y allá la llevaron, con mucha impedimenta, eso sí, de pañales, y mantillas, y gorros y cuanto había que apetecer en tales casos, y un infolio de advertencias, prescripciones, avisos, encargos y hasta amenazas, sin contar el dinero que a puñados les metieron en el bolsillo a la nodriza y al zángano de su marido, que las había de acompañar en el viaje. Esto era duro, durísimo, decía el marqués, para unos padres tan blandos de corazón como ellos; pero el estado de la marquesa, tan delicado en su convalecencia, y el temperamento de la niña, que era por todo extremo linfático, según dictamen, casi en profecía, del doctor, el cual temperamento hacia indispensable para ella el aire y la libertad del campo, les obligaban a echarla de casa.

Y la echaron, así como suena, a los quince días de haber nacido en ella, vírgenes sus tiernas carnecillas de esas vivificantes impresiones de que no carecen los hijos del más haraposo menestral: las dulces caricias, los besos amorosos y el blando y providente manoseo de una madre.

Diez y ocho meses bien cumplidos estuvo en la Alcarria; y refería después la nodriza que, en las pocas veces que en ese tiempo fue el señor marqués a ver a su hija, se le caía la baba de gusto al contemplarla rodando por los suelos, medio desnuda, entre cerdos y rocines, tan valiente y risotona, y tan sucia y curtida de pellejo, como si fuera aquél su elemento natural y propio.

Cuando la volvieron a Madrid, viva y sana por un milagro de Dios, alborotó la casa a berridos. Y no podía suceder otra cosa delante de aquellos espejos relucientes, entre aquellas colgaduras ostentosas, lacayos de luengos levitones y señoras muy emperejiladas, con lo arisca y cerril que ella iba de la aldea. Con su padre se las arreglaba tal cual; pero en cuanto su madre intentaba tomarla en brazos, más bien por tema ya que por cariño, se retorcía como alimaña en cepo. Le daban miedo hasta el centelleo de sus pendientes de diamantes y el olor de todos sus menjurjes y perfumerías; y acaso, acaso, algo que su instinto infantil vela en el yerto lucir de sus ojos y en el forzado sonreír de su boca, que no era la golosina que arrastra a los niños a pegar sus frescos labios en la faz regocijada de su madre.

Muy otra debió de parecer a la desabrida marquesa su hija cuando ésta estrenó las primeras galas del hatillo que apresuradamente la hicieron al llegar a Madrid, porque se dejó oprimir entre sus brazos sin protesta, y hasta besar con estruendo en la mejilla.

«Aquel beso»--dicen los Apuntes a este propósito--«fue el primero que recibí de los maternos labios: le recuerdo como si le hubiera recibido ayer; y esto debe consistir en que mi naturaleza estaba ávida de aquel tributo que no se le pagaba, y la fuerza de la sensación, desconocida hasta entonces, aguzó el instinto que ya columbraba los albores de la inteligencia, y estampó el suceso, para no borrarse nunca, en las tablas vírgenes de la memoria.»

A todo esto, y desde la vuelta de su nodriza al pueblo, la habían puesto al cuidado de una niñera, que la sacaba a orearse por el Retiro tres o cuatro veces a la semana, y dormía a su lado en una de las habitaciones más apartadas de la de su madre, con el piadoso fin de que no la turbara el sueño por la noche. Y eso que desde aquel beso, y por virtud también de las ponderaciones que de la hermosura y gracias de la hija hacían delante de ella las amigas de la madre, parecía que ésta la iba cobrando cierta inclinación, que no disimulaba. Pero comenzó por entonces la marquesa a sentir muy certeros e incómodos anuncios de otro heredero, y esto la causaba grandes preocupaciones y molestias y «la quitaba el gusto para todo».

Al abuelo, que estaba chocho con su nietecilla, le llevaba el diablo con estas cosas: apostrofaba a la hija por su frialdad, y predicaba al yerno por su injustificable indiferencia; pero el uno y la otra se encogían de hombros por toda respuesta, y no revivía el extinguido fuego de amor a la hija, que había chisporroteado un instante después del primer besó de la madre. ¿Quién sabe el rumbo que hubiera tomado el astro de los destinos de la niña sin los prosaicos inconvenientes en que fundaba la marquesa su nuevo alejamiento de ella, y el acontecimiento que sobrevino poco después?

El acontecimiento fue nada menos que la llegada al mundo del anhelado varón. Todo fue júbilo entonces y locura y desconcierto en la casa, de la cual pudiera decirse, sin gran exageración esta vez, que fue echada por la ventana. Se revolvió medio Madrid para el bautizo; medio Madrid, que le comió al marqués, digo, al abuelo, medio costado; se consiguió elegir los padrinos entre lo más cogolludo de la nobleza, y se le pusieron al flamante heredero todos los nombres de los grandes reyes, de los mayores santos del cielo, de todos los conquistadores célebres, y de los más gloriosos poetas y artistas de la tierra. Entre tanto, el recién nacido, más que criatura humana, parecía un ratón en salmuera: ni era mucho más grande, ni más rollizo, ni más pulcro, ni mejor encarado. Nació gimiendo; entre gruñidos y pataleos recibió el agua del bautismo, y gruñendo volvió a casa y continuó, sin cesar, muchos días, comiéndose los puños apretados y perneando rabioso, como sapo clavado en estaca, mientras la pacífica y rozagante Verónica, olvidada de su familia en el último confín del hogar, no se moría de hambre porque la niñera cuidaba, de propio impulso, de esos y otros menesteres.

Desde aquellos días se echó en la casa de los marqueses de Montálvez una raya por debajo de lo vivido hasta allí, y se abrió una vida nueva, cuyo centro, cuyo eje, era el recién nacido heredero de los títulos y preeminencias de su padre; por lo que la pobre Verónica, elemento principalísimo de la vida vieja, quedó entre lo más alto y olvidado de la raya para arriba, como trasto inútil en obscuro desván.

No puede negarse que el medio ambiente, tan traído y tan llevado ahora por la gente de mi oficio, influye mucho en la condición moral y hasta en el desarrollo físico de los caracteres y de las naturalezas; pero no es menos cierto que las hay de tal fibra, que, con ambiente y sin ambiente, echan impávidas por la calle de en medio, y por ella siguen sin torcerse ni extraviarse, aunque las ladren canes y las tiren vestiglos de la ropa.

Prueba de ello es que cuando Verónica llegó a la edad de los celos y de las envidias, y tuvo razón bastante para distinguir los halagos de las durezas, no echó de menos los extremados mimos que se le prodigaban a todas horas a su hermano, criatura de lo más encanijado, llorón y cascarrabias que hubo venido nunca al mundo. La tenían sin cuidado los tumultos que se armaban a cada instante en la casa porque el angelito no comía, o se descalabraba, o tosía ronco, o se retorcía cárdeno y pataleaba con un dolor de tripas; las ponderaciones que de su imaginada hermosura se hacían delante de ella a parientes y amigos, que se guardaban muy bien de afirmar lo contrario, y hasta los injustos vituperios que se la enderezaban porque con sus juegos le quitaba el sueño, o no discurría cosa con gracia para entretenerle y alegrarle. La niñera no tenía otra obligación que la de mirar por ella y acompañarla incesantemente; la quería de todo corazón, y era esclava de sus menores caprichos; hacíanla estrenar un vestido cada semana, y no se ponía tasa a sus antojos de juguetes. Con todas estas ventajas, hasta bendecía el alejamiento a que se la condenaba en su propio hogar, porque, al fin y al cabo, le procuraba una independencia de la cual sacaba ella mucho partido para vivir a su gusto; y si hubiera conocido el placer de la venganza, la hubiera hallado bien cumplida en los testimonios de cordial amor que recibía de las visitas y de los amigos de la casa, a escondidas, por supuesto, de todas las gentes de ella.

Su abuelo persistía en el honrado propósito de arreglar más a justicia estas cosas, que le repugnaban; pero su esfuerzo alcanzaba a poco. Por de pronto, cada día se alejaban más de la casa de su yerno, porque cada vez le eran más insoportables «las majaderías y sandeces» que observaba en ella. Su naturaleza tosca, y los resabios adquiridos en los tratos y contratos en que había pasado lo mejor de la vida, le hacían incompatible con los hábitos aparatosos y refinadamente vanos y teatrales de sus hijos; y como, además, era hombre sin retóricas, desengañado y de muy poca correa, el menor reparo a sus crudos alegatos le quitaba las ganas de exponer el segundo. Su misma nieta, objeto exclusivo de los desvelos del pobre hombre, dudaba muchas veces si tenía en él un protector cariñoso o un enemigo más de quien temer contrariedades y desabrimientos.

--Pero, vamos a ver--decía el ex contratista a su hija cuando más desatinados eran los extremos que ésta y su marido hacían en honor del hijo varón--, ¿a qué vienen esas majaderías? Y ya que las hagáis, ¿por qué pecáis por el extremo contrario con Verónica, que es una niña como unas perlas? ¿Por qué detestáis a la una tanto como queréis al otro?

Negaba la marquesa que ni ella ni su marido dejasen de querer bien a su hija, y hasta citaba en testimonio de ello el regalo en que la mantenían.

--Es verdad--replicaba el abuelo--: atestáis de juguetes su escondite y de vestidos su ropero, como se echan mendrugos a los perros en su garita, para que no molesten con sus ladridos ni estorben con su presencia, y acaso, acaso, porque los vean gordos y lozanos los vecinos. Pero de aquí, de aquí (y se golpeaba sobre el corazón), de eso que alimenta el alma y hace buena sangre a los niños, ¿qué dais a la infeliz? Pues mira, y no lo olvides: hija que se acostumbra a vivir entre la esquivez y el desamor de sus padres, si sale mujer honrada es por un milagro de Dios.

Protestó contra el supuesto la marquesa, e insistió en que, desde que la niña había nacido, se la amaba cuanto se la debía amar.

--Justamente--repuso su abuelo--, porque ni entonces, ni ahora, ni nunca, habéis podido tragarla; y no la habéis podido tragar, porque lo que se quería en esta casa no era familia por el ansia natural de tenerla, ansia que sienten hasta los irracionales, sino un heredero varón en quien vincular los relumbrones aristocráticos de tu marido, como si importara seis maravedís que se perdiera la casta directa de ese mentecato; y como a Dios no se le engaña, después de probaros la voluntad y la mala entraña con la hija que os dio, sin merecerla, os ha castigado en el varón que apetecíais..., porque ese niño ha de ser, está siendo ya, vuestro castigo.

Con esto, dio media vuelta la marquesa y no pareció su padre en mucho tiempo por aquella casa.

Y así fueron corriendo los años, y llegó Verónica a contar diez bien cumplidos. Tenía una salud de bronce, y crecía y se redondeaba que era una bendición de Dios: los amigos de la familia la comían a besos los carrillos, y la decían verdaderas atrocidades mientras la volteaban en el aire, o la echaban una zancadilla en un corredor o en mitad de la escalera, siempre, por supuesto, a escondidas de sus padres y, sobre todo, de su hermano, que cada día era más ruin y más inaguantable, por envidioso y desabrido.

Como «había proyectos sobre ella», al decir de su madre, interinamente la pusieron maestros de primeras letras y de música, con los cuales aprendió a leer mal, a hacer palotes muy torcidos y a solfear desastrosamente, por culpa, según dictamen del maestro, que era un italiano famélico, de su mal oído. Esto, y el Catecismo de punta a cabo, y una oración para cada acto de los más ordinarios de su vida, es decir, para acostarse, para levantarse, para ir a comer, para salir a paseo, etc., etc., y otras para cuando tronaba, pasaba el Viático por la calle, ventaba muy recio, y así sucesivamente, enseñadas por su sirvienta, que era una guipuzcoana muy devota, y tuvo la abnegación de no reclamar para sí las alabanzas que el cura de la parroquia, que preparó a la niña para la primera confesión, dedicó al celo cristiano de su madre, era cuanto Verónica sabía en artes liberales y en letras divinas y humanas, a la edad de once años y algunos meses de pico.

Al cumplir los doce se le revelaron los proyectos que había sobre ella, los cuales se reducían a enviarla a Francia a terminar su educación en un colegio de los más afamados de París. No supo la niña, por de pronto, si la noticia la alegró o la produjo el efecto contrario. No le agradaba por lo que de colegio, es decir, de encierro y sujeción había en el asunto; pero, en cambio, le deleitaba por tratarse de ver el mundo, aunque de refilón y con trabas; de ir a París, de vivir en París, de respirar el aire de París, de comer, en fin, y vestir y soñar en París, nombre con el cual estaban atascados sus oídos y su cabeza, porque en su casa no se hablaba comúnmente de otro asunto, ni entre las gentes que la frecuentaban, ni en las casas que frecuentaba ella. París era lo mejor de la tierra, y lo de París no tenía igual en el mundo, y al uso de París se vestía, y se andaba, y se comía, y hasta se hablaba con agravio de la lengua de Cervantes... y de la de Molière.

Y a París la llevaron en esta situación de ánimo, sin alegría y sin penas, no contando las lágrimas que la arrancó del fondo del corazón el desconsolado llorar de la niñera, en cuyos besos de despedida, ardorosos, resonantes y mezclados con el llanto de sus ojos, sentía palpitar el alma entera de la noble guipuzcoana. El desconsuelo de aquella honrada mujer y el recuerdo de la cariñosa abnegación que la debla, eran el único vínculo con que la hija de los marqueses de Montálvez se sentía ligada a la casa paterna a medida que iba alejándose de ella por el camino de Francia. No era suya la culpa. Su corazón no podía dar otro fruto que el de las semillas que se habían depositado en él.

II

Bien poco trabajo le costó hacerse a la vida y costumbres de colegiala. Parte de esta fortuna se la debía a las condiciones de su carácter acomodadizo y placentero; algo al no muy estimulante recuerdo de su perdida libertad, y el reto a la feliz circunstancia de no haberse visto un solo día verdaderamente aislada en aquel hervidero de chicuelas de todas castas, edades, temperamentos y naciones. La fuerza de la atracción, por imperio de la necesidad, arrastra, en tales casos, lo que flota indeciso y como al azar, hacia su centro apetecido. Por eso, no bien hubo llegado al colegio, cuando ya conocía de vista a todas las españolas que había en él; en seguida formó entre las de su edad; luego dio la preferencia a las madrileñas, y acabó por intimar con las que, de éstas, pertenecían a su jerarquía social.

Así conoció a Leticia Espinosa y a Sagrario Miralta, vástagos ambas de la más encumbrada aristocracia española, las cuales habían entrado en el colegio un año antes que ella. Leticia, contra lo que su nombre declaraba, era una morena triste, o, mejor dicho, serena y algo fría, como esos días de otoño, de poco sol, de que tanto gustan los espíritus contemplativos y melancólicos. Tenía hermosos ojos y muy correctas facciones; y sin dejar de ser animosa para todo, faltaba casi siempre en sus actos y en sus dichos el color de la sinceridad, lo cual se atribula, más que a un vicio de su carácter, a que rara vez la animaba el calor del entusiasmo.

Sagrario era una rubia inquieta y bulliciosa, ávida de impresiones, de aire, de luz... y de golosinas. Fisgona impenitente, no había castigo que la curase de la pasión de arrimar, ora el ojo, ora el oído, a todas las rendijas y cerraduras de los aposentos; y, a creerla por su palabra, ¡qué cosas veía y escuchaba en aquellos vedados interiores! Su manía, casi criminal, eran las zangolotinas, como llamaba a las mayores, algunas de ellas vestidas ya de largo y con un pie en el estribo para tomar la vuelta a sus hogares. A éstas las perseguía con una tenacidad y un instinto de perro de caza. Espiaba sus actos, escuchaba sus dichos, asaltaba sus dormitorios, revolvía sus equipajes, les abría los cajones, se enteraba de sus cartas y les robaba las novelas que después devoraban las otras..., porque tenían novelas y algunas profanidades más, que eran contrabando allí; y, no conformándose con esto sólo, relataba historias desvergonzadas ¡y hacía unos comentarios! A mi ver, todo era una mala pasión de despecho, porque se recataban de ella y de las de su grupo en sus entretenimientos y conversaciones.

Lo que sigue es, palabra por palabra, de la mano que escribió los Apuntes:

«Si entrara en los reducidos términos de mi paciencia el propósito de describir mi vida de colegiala con todos sus pelos y señales, larga sería aquí la lista de los lances curiosos en que intervine yo, por las intemperancias incorregibles de Sagrario y por la entereza glacial de Leticia; pero no van por ahí las corrientes que me empujan en este instante; y si menciono los nombres y principales rasgos de carácter de estas dos compañeras, omitiendo los de tantas otras, es porque conservé esas dos amistades durante toda mi vida mundana, y no influyeron poco en la calidad de ella, lo mismo bajo el cascarón de crisálida en el colegio, que cuando volé a mis anchas por el mundo con las alas de mariposa.

»También habría mucho que hablar sobre el tema de la educación de las jóvenes de mi pelaje, si por educarlas bien se entiende, como debería entenderse, la manera de hacer de ellas buenas hijas y mejores madres. Desde luego afirmo que estos hermosos fines no han de lograrse en ciertos colegios ni en parte alguna donde la distinguida y mal acostumbrada educanda viva «a uso de tropa». De este modo se aprende todo, si se aprende algo, como el soldado la táctica y las leyes penales: maquinalmente y a la fuerza; y no se toma amor, sino miedo y repugnancia, a las tareas y al cuartel mismo, con sus largos y desnudos pasadizos, sus enfilados dormitorios, sus lechos de contrata, sus vigilantes antipáticos y su refectorio mal oliente. Llega a ser insoportable el patio de altos muros, con los juegos de siempre y los cánticos de todos los días, y el pasear en hileras, y el comer en comunidad, y el recogerse y el levantarse a unas mismas horas y con el mismo forzado silencio. Fatiga el ánimo la contemplación incesante de unos mismos colores, de unas mismas caras, de unos mismos cuerpos, de unos mismos uniformes, y, sobre todo, de aquel blasón de la casa, de aquella cifra sempiterna reproducida en los muros, en los libros, en las ropas y en los platos. Abruma el peso de la monotonía según van pasando los meses y los años en esta vida reglamentada, y el demonio de la indisciplina y de la rebelión llega a poseer a las colegialas de pies a cabeza. Entonces se piensa con fruición hasta en las peripecias, en los horrores de un incendio repentino de la casa; en la enfermedad del profesor de Geografía, o en la prisión de la directora por mandato del Gobierno...; en fin, en todo lo que pueda ser causa de que se altere y descomponga, de cualquier modo, la máquina de aquel reló de piezas humanas.

»Por eso la colegiala más querida de sus compañeras es la más indócil y revoltosa y holgazana, la que más depresivos motes pone a las madres, y más perturbaciones acarrea en el gobierno interior de la casa.

»A mí me enseñaron muchas cosas en libros, con la aguja, de palabra, por escrito y hasta por señas y a toque de violín; pero sobre todas las enseñanzas obligatorias en aquel colegio, prevalecieron las del mal ejemplo de mis compañeras, más avispadas que yo, o más cargadas de malicias y de años. Nunca me faltaron libros profanos, ni noticias estimulantes de los placeres del mundo; y con este acopio y el que hice por mí misma durante la relativa libertad que se me concedía cuando fui de las mayores, viendo las cosas mundanas de tarde en tarde y a deshora y con el rabillo del ojo, y contando diez y siete años muy cumplidos, se dio por terminada mi educación en aquel afamado colegio francés.

»Del cual salí diez meses después que mis inseparables amigas Leticia y Sagrario, muy ducha en bailar, en hacer reverencias, en modular la voz, en manejar el abanico y la cola del vestido de baile, en esgrimir los ojos y la sonrisa, según los casos, los sexos y las edades, y en el ceremonial decorativo y escénico de las prácticas religiosas; tal cual en lengua francesa, materialmente al rape en obras de costura y principios de economía doméstica, y casi, casi, en el idioma nativo; y sobre todo esto, y por razón de los contrabandos del colegio y de las incompletas ideas adquiridas en conciliábulos clandestinos, y la propia observación hecha a medias con trabas y sobresaltos, y quizás también por obra de mi temperamento o de mi carácter, franco y expansivo, un ansia, que rayaba en voracidad, de ver el mundo por dentro, de conocerle a fondo, de saborearle a mis anchas, sin los velos y cortapisas que a las puertas de él me habían, hasta entonces, despertado los apetitos.

»Esto es todo lo que llevaba aprendido al volver a mi casa, cinco años después de haber salido de ella, sin contar la persuasión íntima de que, mientras no se invente cosa mejor que lo conocido, la educación menos peligrosa y más esmerada de una niña será aquella en que más se deje sentir la intervención amorosa de su madre, si, por su dicha, tiene madre, y madre buena.»

III

Como el tiempo no pasa sin mudar la faz de las cosas, cuando volvió a su patrio hogar la colegiala no dejó de hallar en él cambios y mudanzas que la sorprendieron. Su madre tenía «achaques», y achaques graves, según ella decía, apostándoselas al médico, que no mostraba gran empeño en contradecirla. Estos achaques no la impedían frecuentar los salones de «su mundo», ni la obligaban a tachar un solo renglón de su larga lista de compromisos sociales, ni se revelaban, a cierta distancia, en su cara frescachona ni en su apostura garbosa y elegante; pero es indudable que los tenía, y muy hondos; achaques de matrona presumida, bien sufridos y mejor tapados con heroicos esfuerzos de la voluntad y buen acopio de sonrisas y menjurjes.

No fue esto un hallazgo, en todo el rigor de la palabra, para su hija, que ya barruntaba algo de ello por las últimas cartas de la marquesa y la propia observación en las dos visitas que la había hecho en el colegio. Harto más se admiró al convencerse de que la inusitada dulzura con que su madre la había tratado en París, y que ella tomó por disfraz de añejas y naturales esquiveces, antes crecía que se agriaba en las intimidades de la vida doméstica; y todavía fue mayor su asombro cuando supo, por testimonios fidedignos, que la modificación genial de la marquesa, en lo referente a este grave punto, databa de la misma fecha que los achaques. ¿Cómo lo que de ordinario sirve para exacerbar los humores y despertar las impertinencias, y hace inaguantables a las gentes que son desabridas por naturaleza, había producido en aquel ejemplar el efecto contrario? No podía averiguarlo Verónica. Lo importante para ella era el hecho, y el hecho bien a la vista estaba.

Otro suceso que fue completa novedad para la colegiala: su hermano tenía achaques también; es decir, nuevos, muchos, demasiados achaques; pero en este infeliz se cumplía rigurosamente la ley común: se le reflejaban claramente en el espíritu los que le desorganizaban y consumían el cuerpo. Era éste raquítico, sarmentoso y descuajaringado. Cada pieza de él estaba mal avenida con la inmediata: las piernas se negaban a sostener el tronco; el tronco forcejeaba por desprenderse de la cabeza, y los brazos andaban de acá para allá sin saber a qué arrimarse, porque en todas partes estorbaban y de todas partes se caían. El espíritu era digna joya de tal estuche: quebradizo, avinagrado y herrumbroso. Daba compasión contemplar aquel ser que parecía un castigo providencial de ciertas injusticias y flaquezas de sus padres. Más que un niño enfermizo, era un enano decrépito. Por razón de su miserable naturaleza, nada se le había enseñado; así es que, contando ya más de quince años, no sabía deletrear. Por el contrario, se le había dejado en completa libertad de hacer todo cuanto le diera la gana; pero tan hastiado estaba de ser libre y de campar por sus caprichos, de romper, de manchar, de alborotar y de dar tormento impunemente a cuanto respiraba y se movía en su derredor, que ya solamente se entretenía con las contrariedades y las resistencias, por hallar el placer de vencerlas y de atropellarlas. Y había que presentárselas, o fingir que se le presentaban, para darle gusto y sacarle por un instante del mortal desfallecimiento en que caía en cuanto le faltaba el aguijón de un apetito que pusiera en actividad el cordaje de su desconcertada máquina.

Es verosímil que la contemplación continua de este desconsolador espectáculo tuviera gran parte en los cambios geniales de la marquesa; y, sin embargo, no concordaban tampoco las manifestaciones de ésta con la tristeza y gravedad del motivo, aun sin tener en cuenta los extremos de locura a que la condujo el nacimiento de aquel hijo tan deseado. Cierto que continuaba siendo esclava de sus antojos; pero no con la abnegación incansable de antes. Aquella esclavitud no era ya amoroso entretenimiento, sino carga abrumadora, cruz de enorme peso. Llevábala con paciencia, pero no sin cansancio. ¿Consistiría esto en que sus propios males la hacían más insensible para los ajenos, o en que, robándole los alientos del espíritu, agostaban el campo de sus ilusiones y vanidades, e imprimían nuevo y más sosegado ritmo a los impulsos de su corazón? Pero, en este caso, ¿por qué no se cumplía la ley con igual rigor en lo tocante a las pompas del mundo? ¿Por qué continuaba pagándose de ellas con el mismo fervor del primer día? Posible era también que el convencimiento que necesariamente tendría de que para la enfermedad de su hijo no había humano remedio, le quitara, con la esperanza de conservarle, las fuerzas para sufrirle; pero, en este caso, ¿qué pensar de la calidad de aquel extraño sentimiento que se manifestó en la casa, haciendo a todos los moradores de ella siervos pacientísimos de la tiranía del presunto heredero de los títulos de su padre?

Lo cierto era que el enfermo se moría poco a poco; que su madre, aunque lo sabía muy bien, no daba muestras de apurarse por ello, y que ya no era Verónica quien pagaba, como en otros tiempos, todos los vidrios rotos de la casa.

Por lo tocante al marqués, tampoco se preocupaba gran cosa con el estado mísero de aquel su retoño, cuyo nacimiento tantas extravagancias y sandeces le había hecho cometer. Bastante más le quitaban el sueño otros cuidados. Habíase dado con pasión a la política; y mientras arreglaba ciertos comprobantes, de muy mal arreglo, para que le nombraran senador, perseguía, con escasa fortuna, una credencial de diputado cunero. No salía del salón de Conferencias, ni de la tertulia del ministro de la Gobernación. En casa paraba poco, pero hablaba mucho, y siempre de su pleito; no a la manera llana y familiar de otros tiempos, sino en estilo declamatorio y rimbombante, y tomando pretexto de todo para ensayar papeles de tribuno. Comíale el prurito de la solemnidad y de las grandes frases, y más de una vez le arrastraron sus obsesiones parlamentarias al extremo de replicar a su mujer en un diálogo prosaico sobre temas de cocina, con un «¡Su señoría se equivoca!» que, por lo campanudo y resonante, hubieran envidiado los más famosos adalides del Congreso.

No eran de fácil arreglo los susodichos comprobantes para lograr la senaduría, porque las rentas propias, vueltos los manantiales al bajo nivel en que estaban antes de fomentarlos su suegro con el copioso caudal de sus talegas, no llegaban hasta donde la ley quería. Y ésta fue otra de las novedades con que se halló la colegiala al volver a su casa. De la cual novedad llegó a enterarse por los comentarios de su padre a cada batacazo del expediente, que no salía de un atolladero sino para caer en otro más hondo. Si esta merma procedía de los banquetes y otras parecidas travesuras con que el marqués trataba de hacerse visible, y hasta ministrable, entre los hombres políticos de mayor talla, o de las enormes sumas que le costaba a la marquesa sostener el esplendor de su jerarquía a la altura en que le había colocado de recién casada, o de lo uno y de lo otro, que era lo más seguro, no cayó la hija en la tentación de averiguarlo. Bastábale saber que el lujo y la abundancia rodaban por aquellos suelos lo mismo que antes, y que su abuelo, hecho una ruina ya, aunque de mala gana y refunfuñando, acudía siempre a las llamadas de la hija en sus continuos apuros.

¿Ni cómo pararse ella en reflexiones de mayor substancia? ¡Ella, que siempre había sido allí la puerca cenicienta! ¡Ella, que llegaba del colegio con la cabeza llena de fantasías tentadoras y el pecho atestado de mortificantes deseos, y en todo cuanto la rodeaba veía recursos para satisfacerlos, alas con que mecerse en los sonados espacios, llaves de hechizos con que abrirlas doradas puertas que guardaban los descifrados enigmas de su curiosidad insaciable!

Ocupaba un hermoso gabinete que se la había dispuesto ex profeso. Era como la leyenda, en colores y substancias, de su fresca juventud, con los obligados atributos de inocencias, candores y misterios pudorosos. El arte y el cariño parecían haber trabajado con empeño en aquel nido fantástico. Tan elocuente y expresivo estaba todo allí, que casi se ruborizaba de sí propia la jovenzuela al desnudarse para meterse en el cándido y esponjado lecho. ¡Lo que influye en los juicios y sentimientos humanos el relumbrón del aparato escénico!...

Su madre no se hartaba de palparla, unas veces vestida, otras medio desnuda; de medirla con ávidos ojos, de verla andar, y, aunque seca de palabra siempre, de prodigar, a su manera, elogios a su precoz desarrollo físico y moral, a la redondez de su cuello, a la tersura de su garganta, a la expresión maliciosa de sus ojos, a la frescura de su boca, a la esbeltez de su talle y a todas y a cada una de sus prendas esculturales. Era mucho más exigente con la modista para sus vestidos que para los propios, y la frase que más la halagaba en boca de sus amigos, era la que envolvía un piropo para su hija. Llevábala a muchas partes consigo, y se afanaba y desvivía para hacer cuanto antes, con la debida solemnidad, su presentación en «el mundo».

El marqués no estaba menos admirado que su hija de esta transformación de sentimientos de su mujer. ¿En qué consistía? ¿Por qué, a medida que iba resignándose sin esfuerzo a quedarse sin el hijo, antes preferido, se aficionaba tanto a la hija, despreciada y aborrecida ayer?

«Dios me lo perdone--dicen en este pasaje los Apuntes--, si en el supuesto me engaño, porque bien pudiera ser causa de mi juicio el recuerdo de lo pasado; de aquel desdén, que rayaba en antipatía, con que empapó mi corazón, en una edad en que arraigan las impresiones para el resto de la vida; pero yo no vi nunca en las nuevas atenciones de mi madre uno solo de esos reflejos que llegan al alma y hacen latir al unísono dos corazones. Si me amaba, no sabía expresarlo, o yo era incapaz de sentirlo. Esta es la verdad. Y si sus actos no eran determinados por el amor, había que suponerlos hijos de otro sentimiento bien distinto. Autoriza a creerlo así el hecho de que todos los consejos que entonces me dio se dirigían a hacerme mujer elegante y distinguida; ni uno solo a hacerme honrada. A pesar de ello, no considero esta falta gravísima como signo de perversidad del alma. Esta falta y otras como ella, son, en determinadas gentes, obra de ciertas deficiencias, a veces constitutivas, a veces impuestas por la educación; falsas ideas que se adquieren de las cosas, por el modo erróneo de considerarlas. El corazón, al cabo, es una máquina que tiene en la cabeza el tornillo regulador de sus impulsos.»

Como su abuelo salía ya poco de casa, cuando no podía ir a la de sus hijos, iba la nieta a visitarle. ¡Cuánto la agradecía estas visitas el pobre viejo!

--Es triste--la decía--vivir solo a esta edad y lleno de achaques. Todo el año es invierno para uno; todos los celajes obscuros; todas las esperanzas negras, ¡muy negras! Tú, que asomas ahora, hija mía, por las puertas de la vida, y porque, comparándolo con lo poco que llevas andado, se te figura que es interminable el camino que te falta por andar, no te dejes seducir de esta ilusión. Porque es una ilusión, nada más que una ilusión: créeme a mí. La vida es breve, muy breve; y si se comienza andando muy de prisa, se va por la posta. Cuando quieras fijarte en ello, tendrás la cabeza blanca y la cara llena de arrugas; y de allí ya no se retrocede ni con la fuerza de la desesperación: al contrario, cuanto mayor sea el empeño, más irresistible es el empuje del tiempo, que no para jamás. Para que las canas y las arrugas no te sorprendan ni te espanten, no hay más que un remedio: andar con pies de plomo en la juventud, y acopiar algo de lo que fructifica durante ella, para que nos anime y conforte en las tristezas y soledades de la vejez. De todos estos acopios, ninguno tan importante ni eficaz como el de una conciencia tranquila. ¡Si tú supieras el valor que tiene este consejo por ser mío!... Dígote todas estas cosas siempre que te veo, y aunque sé que te aburren, porque no hay en tu casa quien te las diga. Tu padre... ¡valiente padre está el tuyo! Tu madre... no quiero decirte ahora lo que pienso de tu madre. Por de pronto, Dios ha castigado sus injusticias contigo, haciendo aborrecible cruz para ella lo que con tan locos extremos puso sobre su cabeza y aun por encima de todas las leyes divinas y humanas... Por supuesto, que ese hijo se le muere, y se le muere muy pronto, y ella lo sabe y se queda tan fresca. ¿Puedes tú explicar este contrasentido? Yo podría si quisiera; pero no quiero, porque, al fin y al cabo, no estoy tan limpio como debiera estarlo, de la culpa de los estúpidos extremos de tus padres al nacer tu infeliz hermano. ¡Ah, si yo hubiera tenido entonces un poco más de carácter y no me hubiera dejado vencer de ciertas debilidades!... En fin, ya no tiene remedio. Lo mejor es que tu madre te mira ya con buenos ojos... ¡Pues podía no! ¡Caramba, cómo te vas redondeando, y qué guapísima estás! Vaya, que da gusto mirarte. ¡Chica más precoz y más...! Mira, cuando entras por esas puertas, parece que asoma la primavera y que cantan los pajaritos en esta casa. ¡Si me sabrán a gloria tus visitas! ¡Dios te lo pague, hija mía!

Y cuando llegaba aquí lloraba el pobre anciano, daba a su nieta un sonoro beso en la frente; y después, casi siempre la hacía un regalo. Ella le entretenía hasta hacerle reír con el relato de sus travesuras de colegiala, o con el de los recursos a que apelaba para templar la iracundia de su hermano, cada vez que, por obra de caridad, se acercaba a él; y así llegaba la hora de marcharse. Dábale el abuelo otro beso, recomendándola de nuevo que no echara en olvido sus advertencias; y entonces cala ella en la cuenta de que, a pesar de lo sanas que eran, por un oído le entraban y por otro le salían.

En una de estas ocasiones, o porque el abuelo se espontaneara algo más, o porque fueran más vivas las tentaciones de la curiosidad de su nieta, díjole ésta en crudo:

--Quiero saber lo que usted piensa de esas cosas de mamá. ¿Por qué me trataba antes tan mal, y me contempla y mima tanto ahora?

El abuelo, como quien se desprende de algo que molesta, respondió al punto y sin titubear:

--Primeramente, tu madre está deseando que se le muera el hijo, porque la da demasiado que hacer y cada día le ve más enclenque, más feo y más imposible; y ella no soporta hijos así ni para eso.

--Corriente; pero bien podía hallar insoportable a mi hermano, y no quererme a mí tampoco.

--A ti, chiquilla, no te quiere ni pizca... lo que se llama querer cuando se trata de otra clase de madres. Lo que hay es que la haces falta: a su edad y con sus males, ya no puede esperar hijo más de su gusto, como cuando nació tu hermano; y como eres hermosa y expansiva y discreta, y prometes mucho para brillar en la carrera que ella está terminando, ve en ti, con la supuesta obligación de acompañarte, un hermoso pretexto para no retirarse del mundo cuando más enamorada está de él. En fin, que te necesita para pantalla de sus incurables vanidades; y, como cosa suya, cuanto más hermosa sea la pantalla, mayor es su deseo de lucirla. Si fueras fea y tonta, antes se retiraría ella del mundo que presentarse contigo en él. Por algo así desea que tu hermano se las líe cuanto antes.

--Triste sería eso, abuelito, si usted no se equivocara.

--Pues te aseguro que no me equivoco.

--Sin embargo, papá no está en el mismo caso que mamá, por lo que a mí toca, y tampoco quiere a mi hermano como le quería.

--Tu papá es un majadero a quien nunca le cupieron en la cabeza dos ideas juntas. Desde que dejó de pensar en su hijo; en cuanto se convenció de que no le servía para representar dignamente el papel de príncipe heredero de su augusta dinastía, se enamoró de los papelones de político; y mientras esa farsa le preocupe, no se le dará un rábano ya porque, con el hijo espirante, se os lleven los demonios en una noche a ti y a tu madre..., sobre todo, si me llevan a mí también.

Aquí la nieta paralizó la lengua del desengañado abuelo, que tales cosas decía, dándole, de pronto, un beso en cada mejilla, y despidiéndose luego de él con una zalamería, de expresión tan confusa, que le dejó dudando si era un embuste de su incredulidad despreocupada, o el disimulo de una pesadumbre.

IV

Sagrario y Leticia, con un año de práctica en el mundo que aún no conocía su amiga, eran como los pilotos que la enseñaban a cada instante, con el dedo sobre los planos, cuanto le importaba saber de aquellas regiones colmadas de visibles encantos y de tentadores misterios. Ni ella se hartaba de preguntarlas, ni sus amigas se cansaban de responderla; pues si era muy grande la curiosidad de la una, mayor era el apego de las otras al papel de profesoras. ¡Con qué gravedad tan cómica le desempeñaban algunas veces, y qué mezclados solían andar en sus dictámenes el candor y la malicia! De aquellas cosas que eran el tema de sus conversaciones, todavía no conocía Verónica más que lo que había podido columbrar acompañando a su madre, no muchas veces, al paseo, al teatro, o a tal cual visita o reunión de confianza, si no con la librea de colegiala precisamente, con todas sus rozaduras frescas sobre el cuerpo, y todas las cortedades, fingimientos y desentonos a que obliga ese desairado carácter de crepúsculo invernizo: lo que se ve y se sabe de un espectáculo, mirando por los resquicios de la puerta y oyendo los rumores, del concurso, o leyendo mal y de prisa los contradictorios relatos de los obligados cronistas; parvidades y probaduras que sólo sirven para estimular y enardecer los apetitos. Sagrario y Leticia, en cambio, habían traspuesto los umbrales, y eran ya espectadoras de adentro; más que espectadoras, figuras principales de la gran comedia: les era permitido, una vez en escena, disponer libremente de los recursos propios para aspirar hasta al dominio de ella; mirar a los hombres cara a cara; provocar sus lícitos atrevimientos; poner a prueba la calidad y el temple de sus armas; luchar impertérritas y vencer valerosas, o sucumbir apasionadas, que este es el fin, más o menos remoto y a sabiendas, de todos los femeniles empeños en lo mejor de la vida, y a ese solo paradero se va por donde las mujeres andan, cargado el cuerpo de lujo y el alma de tempestades...; en fin, tocar y palpar las realidades de los sueños de la colegiala y de sus entusiasmos de recién llegada a las puertas del mundo.

Bien sabían las maestras con qué ansias aguardaba la neófita a que se las abrieran; y por saberlo tanto, se complacían en aguijonear sus impaciencias extremando el color de sus pinturas.

Todo cuanto se prometía, física y moralmente, en las niñas Leticia y Sagrario, quedó sobradamente cumplido en estas dos jovenzuelas. Leticia era una morena gallarda, correcta, sobria, expresiva y dura, así de formas como de palabra; temible en el manejo de ciertos recursos externos, que en una gran parte de las mujeres resultan inofensivos accesorios, y en otras tantas no pasan de simples detalles decorativos de su belleza. Estas cosas, puestas en juego por Leticia, a pesar de sus pocos años, eran todo lo que había que ver. Con tal destreza las concordaba, que del diabólico conjunto resultaba un arma tremenda, algo que llevaba la muerte en sus acometidas y era, al propio tiempo, escudo impenetrable. Cuanto más se la estudiaba, menos se la conocía y mayor era el empeño de conocerla. ¿Era frialdad de espíritu o fortaleza de razón, la causa determinante de aquella su inalterable serenidad en todos los actos ostensibles de su vida? ¿Era leal en sus amistades, noble en sus inclinaciones, sincera en sus informes, honrada en sus impulsos? Todo se podía creer y de todo se podía dudar, porque todo cabía en ella en opinión de todas sus amigas. Entre los hombres discordaban mucho los pareceres: según las ocasiones y las circunstancias. En lo que convenían unos y otras era en que Leticia había nacido con el «don de gentes», y en que no era cosa llana predecir hasta dónde podía llegar la «mujer de mundo» formada sobre la base de una joven de aquel carácter y de aquella singular naturaleza.

¡Sagrario!..., el ruido, la inquietud, la intemperancia, la vehemencia, la sinceridad, la pasión; el día y la noche, la risa y el llanto. La curiosidad seguía devorándola, y la avidez de impresiones la consumía. No había asomo de juicio en aquella cabeza rubia que parecía el capricho de un pintor lascivo, ni tacha que poner a la hechicera envoltura de aquel temperamento tempestuoso.

--Va verás, ya verás--decía Leticia, andando Verónica en vísperas de echarse al mundo--, ya verás como ese cacareado león no es tan fiero como nos le pintan. Algo impone de pronto su mirada, y cierto respetillo infunden sus bramidos; pero con un poco de serenidad y otro tanto de cierta mafia que no ha de faltarte a ti, se le pasa la mano por el lomo y hasta se le pone bozal y se le liman las uñas, como a un falderillo de tres al cuarto.

--Lo mejor es--añadió Sagrario revolviendo un huracán con su abanico--, no tenerle pizca de miedo, aunque ponga en las nubes sus rugidos y te saquen tiras de pellejo sus zarpadas. Así hay lucha, y el triunfo resulta más sabroso. ¿Qué creerás tú que es lo más malo de esta bestia de mil caras? Las mujeres, ¡pásmate! Ahí están los rencores, las envidias y el veneno. Ésas, ésas son las que necesitan látigo y hierro candente: todas, y cada cual por su estilo, son peores. ¡Pero los hombres!: mansos, humildísimos borregos que se gobiernan con un hilo de estambre... No me dé Dios mayores enemigos.

--Según y como se los trate--se atrevió la novicia a replicar a Sagrario, mientras Leticia se sonreía maliciosamente.

--No hay más que un modo de tratarlos, que yo sepa--repuso la rubia con admirable sinceridad--: bien... Pero el caso es que aplicas este mismo procedimiento, generoso y cortés, a las mujeres, y te resulta el efecto contrario; y cuanto mejor te portas con ellas, menos te quieren y más lo disimulan. ¡Si lo sé yo!

--¡Lo sabe! ¡Qué exageraciones!--exclamó aquí Leticia, no sé si por contener a Sagrario, o por irritar más sus intemperancias geniales.

--¡Exageraciones!--replicó la rubia imitando la voz y los ademanes de su amiga--. ¿Por qué? ¿Porque digo lo mismo que estás tú pensando?

--Pero, alma de Dios--repuso la otra--, si aún no hemos cumplido los veinte años, y no hace uno que andamos por el mundo, ¿cómo hemos de conocerle con tantos pelos y señales? ¿Qué sabes tú todavía cuál es bueno ni cuál es malo, tratándose de hombres y de mujeres?

--¡Mucho, muchísimo!--exclamó Sagrario en un arranque de cómica solemnidad--. Y dejemos a un lado los hombres, por ahora, que son unos infelices que no se meten con nadie; ¡pero las mujeres!... ¿Piensas que soy sorda? ¿Tiénesme por ciega? ¿Lo eres tú, por si acaso? ¿Y tantos años se necesitan, andando entre ellas, para observar cuándo sus besos son de judas, y puñaladas sus sonrisas?... Mira, Beronic (la llamaban todos así, en francés, como la habían llamado en el colegio, por quitar el saborcillo sainetesco que teñía su nombre pronunciado en español), y no te lo digo por meterte miedo, sino por todo lo contrario: porque sepas que, providencialmente y porque no aburran por llanos los salones, hay esas escabrosidades en ellos; lo que pasa es esto... y tenlo presente para que no te acongoje al otro día la sorpresa del hallazgo: por llegar, te comerán todas con los ojos; algunas te llenarán los oídos de lisonjas; otras, la cara de besos; tú estarás ruborosa, algo trabada con los estorbos de los elegantes arreos que nunca has arrastrado, y el flamear de los honores con que te reciben en el gran mundo los veteranos de él; pues porque te turbas, porque te trabas, y, sobre todo, porque estás hermosa, te morderán las que te besan, las que te adulan y las que te miran: las unas con la lengua, las otras con los ojos; y si no fueras bonita, te morderían lo mismo por todos estos pecados y por el de ser fea... ¿Te sonríes, Leticia?... ¡Qué pieza eres! Pues mira, ni siquiera le pido a Beronic las albricias del descubrimiento, porque esas cosas las he leído infinitas veces en libros de escarmentados. Lo que he hecho yo es comprobar el caso sobre el terreno, como ha de comprobarle esta novicia, por torpe que sea de oído y de mirada, siempre que haga la observación con un poco de malicia. ¡Pues si llegas a tener ángel para los hombres, y dan éstos en acudir a tu lado!... De risco que sean tus carnes, han de sentir la mordedura de la más blanda de boca.

Leticia soltó aquí la carcajada.

--¿A que te sangran a ti todavía las cicatrices?--le dijo Sagrario, encarándose valientemente con ella.

--¡Si no me río por eso, extremosa!

--Pues ¿por qué te ríes, prudente?

--Porque, en tu afán de abrir los ojos a ésta, vas a concluir por hacerle aborrecible aquello mismo que tratamos de hacerle amable... y que tanto nos gusta a nosotras.

--¡Bah!..., ese no es caso de risa.

--¿Lo dudas?

--Es que no lo creo. Te ríes de mis despreocupaciones, como tú llamas a esta claridad que yo gasto, lo mismo en hechos que en dichos. ¡Como tú prefieres el sistema contrario!... Pues mira, yo no me río del tuyo, que te lleva al mismo fin que el mío: cuestión de temperamento y de gustos. Por eso no le predico a ésta las ventajas de tal o cual camino para ir a donde nosotras vamos: lo mejor es dejar a cada cual que marche por donde más llano lo vea.

--Estamos conformes--dijo Leticia con gran formalidad, probablemente forzada--. Pero sea o no caso de risa lo del cuadro que pintabas, es lo cierto que tanto puedes recargarle de color, que llegue ésta a mirarle con miedo.

--Por eso mismo--replicó Sagrario, golpeando a la aludida en un hombro con el abanico cerrado--, he comenzado por advertirla que se lo cuento para evitarle la sorpresa del hallazgo de ello; porque ha de saltarle a los ojos, más tarde o más temprano, eso que yo tengo por uno de los bocadillos más sabrosos de la mesa de nuestro mundo... ¡Caramba, y qué bien salió este parrafejo! ¿Si iré para literata sin notarlo?... Con franqueza, Beronic..., y perdona tú, Leticia, si hallas algo shocking la despreocupación: después del placer de ser codiciada de los hombres de buen gusto, no hay otro que más halague mi vanidad que el ser envidiada y aborrecida de las mujeres elegantes.

Con esta explosión de las ingenuidades de Sagrario, cuatro mordiscos de la lima sorda de Leticia, y media docena de comentarios de la neófita, no tan cortos de alcance como pudieron creer sus amigas, tomándolos en toda su apariencia, terminó aquella entrevista, que no la enseñó mucho más de lo que ella sabía o sospechaba.

V

Llegó, al fin, y por sus pasos contados, la tan esperada noche de mi exhibición solemne. No conservo en la memoria los detalles minuciosos de aquel acontecimiento, tan señalado en la vida de las mujeres de mi alcurnia y de mis hábitos, porque, como todas las realidades muy soñadas, ésta no me pareció de la magnitud en que me la habían forjado las quimeras de la imaginación.

»Recuerdo que precedieron a la fiesta largas horas de punzante inquietud, de ávida contemplación de mis flamantes y simbólicos arreos de batalla, tendidos sobre lechos, sillones y cojines: desde el menudo zapato de raso, hasta las flores de la cabeza, pasando por un océano de sedas, encajes, plumas y crespones; todo aéreo, todo casto, todo simple, como pedían y piden los estatutos de la Orden para una doncella de mi edad y condiciones, a quien no le es lícito, todavía, albergar malicias en su cabeza ni torpes sentimientos en el corazón; otras horas, no tan largas, en lo más recóndito de mi gabinete, entre menjurjes, abluciones y atildaduras de tocador. En seguida, la ímproba y conmovedora tarea de vestirme todos los dispersos perifollos: allí mi madre, allí la doncella, allí la modista; yo, como un maniquí, rodeada de luces y de espejos. El vestido, sin mangas y casi sin cuerpo, dejábame las carnes, de cintura arriba, medio a la intemperie. Sentía yo la impresión del aire tibio, más que en ellas, en algo tan profundo y delicado, que, tras de golpearme las sienes, me obligaba a cerrar los ojos y a tirar del escote del vestido hacia arriba, y de las mangas hacia abajo; procedían en sentido inverso la modista y la doncella; sonreíase mi madre; quejábame yo de que era mucho lo descubierto; replicábanme, que, por lo mismo, y por ser bueno, había que lucirlo; atrevime a mirarlo más despacio, y resigneme al fin, porque quizás estuvieran ellas en lo cierto, amén de que lo imperioso del mandato quitaba todo pretexto a mis escrúpulos.

»Ya estaba armada de punta en blanco: nuevas combinaciones de luces y de espejos para verme a mi gusto por todas partes, y ensayar actitudes, movimientos y sonrisas, y sorprender a hurtadillas la grata impresión de todo ello en las caras de las tres espectadoras.

»En el salón inmediato aguardaba mi abuelo, que, en honor mío, había hecho aquella noche «la calaverada» de ir a admirarme «vestida de pecadora». Al verme aparecer, se quedó como asombrado. Pensé yo que se escandalizaba, y me cubrí el seno con el abanico. Me dijo a su modo muchas cosas, que tan pronto me sonaban a ponderaciones entusiásticas, como a lamentos de pesadumbre. Atajele el discurso poniéndole mi frente junto a su boca para que me diera un beso, y le pagué con otro resonante en la rugosa mejilla, y unos cuantos embustes cariñosos, de cuyo efecto mágico sobre el corazón del pobre hombre estaba yo bien segura.

»En esto, y mientras mi madre acababa de vestirse y de adornarse, dijéronme que mi hermano deseaba verme.

»Acudí a su cuarto. Estaba en la cama, descoyuntado entre mantas y almohadones. Por verme entrar, me llenó de improperios; detúveme dudando junto a la puerta, y esto fue mi fortuna, porque con la última desvergüenza me arrojó la palmatoria, que se estrelló contra el espejo de un lavabo, a media vara de la cola de mi vestido.

»Volvime al lado de mi abuelo, entre asustada y risueña; y tras largo, interminable rato de esperar a pie firme, por no ajar la tersura de mis faldas, llegó mi madre con el aspecto y el andar de una matrona romana, ocultando la cruz de sus achaques y los estragos de la edad con el engaño de un cielo de fulgurante pedrería sobre otro caudal de sedas y artificios.

»Mi padre andaba aquella noche ciegamente empeñado en sus caballerías senatoriales; y con harto sentimiento mío, no recibí los alientos de su aplauso en aquella mi primera salida a correr las aventuras por las encrucijadas del gran mundo.

»Recuerdo también la impresión que recibí al hollar por primera vez, y con pie inseguro, la espesa alfombra del salón de la fiesta. Fue aquello como una oleada de luz esplendorosa, de rumores confusos, de miradas punzantes, de sonrisas burlonas, de colores fantásticos y de aromas narcóticos, que se desplomó de pronto sobre mí agobiándome el espíritu y deslumbrándome los ojos. Aprensiones de mi inexperta fantasía, que exageraba enormemente el relieve de mi figura y el espacio y el término que ocupaba en aquel cuadro.

»Pasó todo como el amago de un vértigo, por obra de un esfuerzo de mi voluntad y del auxilio discreto y oportuno de Leticia y de Sagrario. Logré hacerme a la fiereza del león, y atrevime en seguida a afrontar los lances del peligro.

»Para esta empresa contaba con un arma, en cuyo manejo era yo muy diestra, sin que nadie me le hubiera enseñado: el falso rubor de novicia en aquel pomposo ceremonial mundano. Nada como ese recurso para ver sin ser vista y ponerse en situación de aceptar lo cómodo y agradable, y desechar lo molesto, sin pecar de imprudente en lo primero, ni de torpe o de vana en lo segundo. Me salió bien la cuenta. Al amparo de la ficción, detrás de mi broquel de niña candorosa, mis malicias de mujer precoz escudriñaban todo el campo de batalla y conocían hasta las intenciones del enemigo, sin que el tiroteo de su obligado tributo de lisonjas y de galanterías me causara el más leve daño con las que de ellas eran necias o impertinentes.

»La exención absoluta del pesado deber de tomar en cuenta sandeces y majaderías, no tiene precio en casos tales, con la doble ventaja de que, a título de niña inexperta y ruborosa, la más trivial ocurrencia suena en sus labios a ingenioso concepto, y toda claridad, por amarga y cruda que resulte, queda triunfante y sin réplica.

»Y muy poco más conservo en la memoria de los lances y sucesos de esta aventura, cuyo único mérito para formar capítulo aparte, consiste en haber sido muy deseada, y la primera entre las de mi vida mundana; muy poco más, y eso en tropel confuso; verbigracia: la peste de los salones de entonces, y de ahora, y de siempre; esas criaturas sin sal ni pimienta, insípidas e incoloras, y, estaba por decir, sin sexo ni edad, estúpidamente esclavas de los preceptos de la moda en el vestir, en el moverse y en el hablar; más que niños y mucho menos que hombres, con la insubstancialidad y la ignorancia de los unos, y los atrevimientos y los peores vicios de los otros; ridículos y feos, asaltándome sin tregua ni respiro, devorando con ojos estrellados los repliegues de mi escote, y exponiendo, como mérito sobresaliente para aspirar a mi conquista, el arrastre de las rr de sus impertinencias y el hablar a tropezones la lengua de Castilla, sólo porque sabían que yo me había educado en Francia; las obligadas galanterías de los buenos mozos, por lo común, más nutridas de malas intenciones que de agudezas; los enrevesados conceptos de los galanes presumidos y cortos de genio; las protectoras sonrisas y las paternales franquezas de los personajes maduros, a quienes la edad y la fama autorizan para todo, hasta para ser descomedidos y groseros; los cumplidos extremosos, las ponderaciones de rúbrica y las forzadas protestas de cariño de viejas retocadas, de madres envidiosas y de jovenzuelas casquivanas como yo; el vértigo de la danza casi incesante, en brazos de unos y de otros; los sueños voluptuosos, o la tortura insufrible, según los casos; más tarde, la agonía de la curiosidad, y la vista y el oído cansados por saberse de memoria las figuras, los colores y el rumor del cuadro, cuya luz se va velando por la evaporación del concurso y el polvillo tenue de suelos, galas y afeites, y cuya atmósfera espesa, tibia y saturada de perfumes, repugna a los pulmones y al estómago; después, el quebrantamiento del cuerpo, escozor en los ojos, mucho peso en los párpados, cierto deseo de bostezar... y, al cabo, la vuelta a casa, arrebujada en pieles y casi tiritando en el fondo del carruaje; los elegantes arreos de la fiesta, lacios y marchitos, arrojados con desdén en los sillones del dormitorio; y, por último, el meterme en la cama con la impresión de un escalofrío; el cerrar los ojos y el sentir en el cerebro las caras, los colores, los sonidos, las alfombras, los espejos, las bujías, los lacayos, toda la casa, toda la fiesta hecha un revoltijo, una pelota, aporreándome los oídos y las sienes: la memoria embrollada, el corazón entumecido, la inteligencia embotada para todo discurso; y persiguiéndome y asediándome entre tan cerrada obscuridad, la extraña persuasión, clara como la luz del día, de que nadie me había puesto aquella noche tantos defectos ni me había rebajado tanto en la escala de las elegantes, de las discretas y de las hermosas, como mi amiga Sagrario.

VI

El goce libre y frecuente de estas fiestas y otras semejantes, me enseñó bien pronto que, o no había en el mundo naturalezas de acero para salir sin mella de los combates más rudos, o a mí me había tocado en suerte una de las mejor templadas. Efectivamente: era yo, a pesar de mis pocos años, mucho más serena y menos impresionable entre la baraúnda del comercio galante, de lo que me había imaginado antes de conocer de cerca esas cosas. Aunque no era incombustible por completo, tenía todas las posibles ventajas para jugar con el fuego sin consumirse estúpidamente en él. De lo cual me alegré sobremanera, porque no es la vida de las mujeres «de mundo» tira tan larga, que no importe, ir cediendo a cada paso jirones de ella.»

Mientras se fue dando cuenta de este hallazgo, ocurrieron en su familia muy señalados acontecimientos. El primero fue la muerte de su hermano. El tema de los caprichos de esta infeliz criatura había llegado a lo inverosímil, como su existencia entre el enjambre de enfermedades que la consumían. Antojáronsele cerezas frescas en el mes de Diciembre, y no cabiendo en lo humano adquirirlas así a ningún precio, ni falsificarlas, como se había hecho con tantas otras cosas falsificables en idénticos casos, creció con el obstáculo la fuerza de su empeño, llegó la corajina al paroxismo; y aquel hilillo tenue de vida, a tan duras penas conservado, se quebró de pronto como el de una tela de araña, sin un sonido ni una vibración.

Este suceso, como si se contara con él, ya que no fuera deseado, no arrancó una lágrima siquiera en la familia. Produjo cierta tristeza que parecía nacida del corazón, por lo que toca al marqués y a su mujer. En cuanto a la hija, la dio demasiado en qué pensar la nueva jerarquía en que volvía a colocarla la muerte de su hermano. Por decreto de ella, dejaba de ser simple y desdeñada segundona, y recobraba sus prerrogativas de primogénita y única heredera de los títulos y bienes de la casa, condición de gran monta para ella, desde que sabía, por propia observación, lo que vale y lo que cuesta la vida doméstica y social de las mujeres de su alcurnia. No era de temer ya la sorpresa de un nuevo varón que de la noche a la mañana volviera a despojarla de sus recobradas preeminencias; pero es indudable que las hubiera dado mayor importancia, y por muy distinto motivo que entonces, si el suceso que se las restituía hubiera ocurrido en aquellos tiempos en que las inexplicables injusticias de su madre la tenían relegada a los últimos rincones de la casa. Miseriucas del corazón humano.

Por lo demás, ocurrió lo de costumbre en tales ocasiones: varios días de duelo, más o menos cordial; visitas de íntimos a todas horas del día y de la noche; cumplimientos falsos de amigos cumplimenteros; tertulias reducidísimas y taciturnas, los primeros días, que fueron poco a poco animándose y creciendo; un luto reducido al mínimum de lo que permiten las cláusulas de lo regulado para tales ocasiones; transformación radical del gabinete mortuorio, por renovación de muebles y decorado, etcétera, etc... y a las tres semanas, desaparición completa de toda huella material del breve y doloroso tránsito de aquel desdichado ser por las asperezas de la vida, y absoluto olvido de su nombre en las conversaciones y en la memoria de los vivos.

En el alivio andaban de su luto, harto aliviado desde el primer día, cuando el abuelo, que en virtud de su avanzada edad y de sus incurables padecimientos, había consentido en cambiar su soledad por la compañía de sus hijos, llamando a la nieta a su gabinete una mañana, la dijo con voz entrecortada y sepulcral:

--Me muero, sin remedio, antes del mediodía. Adviértelo en tu casa del modo menos estrepitoso que puedas, y hazme el favor de mandar que venga un cura para confesarme... y por si no tengo tiempo para advertírtelo después..., escúchame ahora unos instantes... A pesar de las sangrías espantosas hechas a mi bolsillo por tu madre, todavía os dejo una gran fortuna, como veréis por el testamento cerrado, cuya copia hallaréis en mi pupitre. Convencido de que tan pronto como echen la zarpa a ese caudal, la insensatez de tu padre y la loca vanidad de tu madre han de despilfarrarlo en cuatro días, he procurado dejar a salvo, en beneficio tuyo, cuanto la absurda ley vigente me permite... Pero si he de decirte lo que siento, no fío de tu cordura mucho más que de la de tus padres. La única ventaja que les sacas es que tienes mejor entendimiento que ellos. Lo que llevas visto de ese mundo que tanto os seduce, te habrá enseñado a conocer lo que vale el dinero para andar por él triunfando, y lo que importa a los mundanos no arruinarse. Esto es lo que quiero que no olvides y encomiendo a tu buen entendimiento, para que hagas, por egoísmo siquiera, lo que no me atrevo a esperar de tu virtud... Porque, hija mía, yo te quiero mucho, muchísimo, mucho más de lo que puedes imaginarte; pero con todo lo que te quiero, en lo tocante a pompas y chapucerías mundanas, ya te lo he dicho, no fío gran cosa de la veta que sacas, ni del aire que llevas por el camino que sigues... Perdona la franqueza, que a ella me obligan el amor que te tengo y el trance en que me hallo... Y ahora, un beso... ¡el último, hija mía! ¡Y que Dios haga el milagro de infundir con él, en lo más hondo de tu corazón, los sentimientos que llenan el mío en este instante!

Jamás habían vertido los ojos de la joven lágrimas tan cordiales ni tan copiosas como las que entonces corrieron a lo largo de sus mejillas, ni su pecho se había sentido agitado por tan hondas impresiones como las que la dominaban mientras el amoroso anciano estampaba en su frente, inclinada hasta tocar su boca, un beso trémulo, convulsivo, frío como la losa de un sepulcro.

Y todo sucedió como él lo había dispuesto y vaticinado: se confesé a las once, comulgó a las once y media, y se murió antes de las doce.

¡Cuánto lloró Verónica aquel día, y al siguiente, y con qué fervor rezó por el alma del muerto, y con qué sinceridad prometió a su memoria grabar en el corazón sus últimas advertencias, y ajustar a ellas todos los actos de su vida!

Tardó mucho en acostumbrarse a contemplar con ojos enjutos y corazón tranquilo, la soledad y el silencio de aquel gabinete en que tantas caricias y tan repetidos testimonios de entrañable amor había recibido del doliente octogenario. De todo lo cual se deduce que quería de veras a su abuelo.

La marquesa, cuyos males la impedían entregarse por entero a los rigores de la pesadumbre que le correspondía por la muerte de su padre, se asombraba de las lágrimas y de las tristezas de su hija, y la conjuraba, en frase dura y seca casi siempre, a que se volviera a lo suyo, «dejándose de gazmoñerías sentimentales, que ya chocaban a las gentes».

--¡Dichosa ella!--solía decir el marqués, interviniendo en el caso algunas veces, mientras se paseaba por el gabinete, con las manos en los bolsillos, las cejas y los labios contraídos, la cabeza humillada y los ojos chispeantes, derramando la mirada, que quería ser triste, por los dibujos de la alfombra--. ¡Dichosa ella, que está en la edad de las grandes impresiones, y puede llorar para desahogo del corazón oprimido! Llora, llora, hija mía; que con las lágrimas se honra a los muertos y se cumple con las leyes de Dios y de la Naturaleza. ¡Ay de nosotros, que, sintiendo tanto como tú, no podemos llorar!

Y en esto miraba con el rabillo del ojo a su mujer, que le respondía con un gesto de aire colado.

La herencia fue pingüe de veras. Cortijos en Andalucía, dehesas en Extremadura, casas en Madrid, papel del Estado, acciones del Banco de España..., de todo había mucho y bueno, libre y desempeñado.

Un día se hizo el recuento, y resultó que las rentas de este caudal pasaban de cuarenta mil duros. Con ellos, y lo que quedaba de los bienes del marqués y de la dote de la marquesa, se podía calcular la renta en un millón de reales. Verónica había sido mejorada en tercio y quinto, y esta mejora estaba asegurada, entre el cuerpo de bienes, con cuantas ligaduras eran de apetecer, según la sabia y cariñosa previsión de su abuelo.

Muy pocas horas después de hecho este cálculo, fue cuando a la marquesa se le ocurrió caer en la cuenta de que con la muerte de su padre y de su hijo, aquella casa que habitaba tanto tiempo hacía, en la calle de Hortaleza, le parecía un cementerio sombrío: veía a las «queridas prendas» de su corazón, doloridas y agonizando, en cada rincón, en cada mueble y a cada instante; su espíritu, tan combatido por los males del cuerpo y por las tristezas del alma, no estaba para grandes pruebas, y le era indispensable «salir de allí... a cualquiera parte».

El marqués, que «estaba en todo», como él decía, asintió inmediatamente al reparo de su mujer; y como comprendía muy bien «la situación de las cosas», añadió que era de urgente necesidad tomar otra casa de mejores horizontes, de más luz, de más aire, más capaz y más alegre. Debía pensarse hasta en un hotel en Recoletos o la Castellana; pero sólo pensarse por entonces. Entre tanto...

Entre tanto, se alquiló un vastísimo principal en la calle de Alcalá, por la miseria de tres mil duros al año; y como no era cosa de ir a habitarle tal como lo habían dejado los últimos inquilinos, ni de trasladar a él los muebles de la calle de Hortaleza, tan llenos de tristes recuerdos, y tan pasados de moda los más de ellos, hubo necesidad de hacer obra en la nueva casa y de encargar el necesario y conveniente ajuar para ella. En lo tocante a la obra, una vez acordada, o hacerla útil, o no hacerla. Cada inquilino tiene sus necesidades y sus gustos, y los de la marquesa eran distintos en todo, por las trazas, de los de las gentes que habían precedido a su familia en la casa de la calle de Alcalá. En la cual había muchos gabinetes con un solo salón; y precisamente necesitaba ella, por razón de aire y de holgura, tan indispensables para su salud, muchos salones y pocos gabinetes, comedor amplísimo y vestíbulos desahogados. A este fin, no quedó un tabique en pie; se encargó el plano de la nueva obra a un arquitecto; y como en el piso había tela en que cortar, todo se hizo al gusto de la marquesa, que halló en estos entretenimientos ocasión de invertir las largas e insípidas horas que traen consigo la esclavitud y la tristeza de un luto rigoroso, como el que la familia vestía entonces.

Aplaudían los amigos de la casa el gusto y la esplendidez de la marquesa, a quien atribuían exclusivamente la dirección de todo aquello, mientras la interrogaban con un gesto, por no atreverse a ser más explícitos con la lengua, al recorrer una verdadera serie de salones fastuosamente decorados. Respondía ella con otro gesto que, cuando menos, significaba que había comprendido la pregunta; y algo parecido le ocurría a su marido con los hombres políticos, que casi le formaban un cortejo diariamente desde lo de la herencia, y poco más o menos le sucedía a la hija con sus amigas; sólo que éstas eran más claras en el preguntar, y ella menos encogida en el responder, por lo mismo que estaba bien persuadida del destino de aquellos despilfarros, desde que su madre apuntó en la calle de Hortaleza la necesidad de vivir en casa de mayor calibre.

Al fin se terminaron las obras y el luto; invadieron la nueva casa mueblistas y tapiceros; llenáronse suelos, paredes y techos de ricas alfombras, de espejos colosales, de cuadros y tapices valiosísimos, de arañas estupendas y de muebles caprichosos; llovieron esculturas y monigotes por todos los rincones y tableros de mesas y veladores; atestáronse de primorosas y artísticas vajillas los aparadores del comedor, que era un bosque de roble tallado y un bazar de porcelanas, bronces y cristalería, tapizado de cuero cordobés; no quedó cortinón de vestíbulo ni de puerta de tránsito sin su correspondiente escudo nobiliario; y cuando ya estuvo todo en su punto y sazón, y la servidumbre arreglada a las exigencias del nuevo domicilio, y cada criado en su puesto y convenientemente vestido, y la cocina humeando, con su jefe bien enmandilado y mejor retribuido, con su traílla de marmitones y ayudantes, en un lujoso landó, arrastrado por dos briosos alazanes ingleses, y conducido por un cochero colosal, envuelto el cuerpo en un océano de paño gris, y media cara y los hombros en otro mar de pieles erizadas, guantes por el estilo y alto sombrero con cucarda por coronamiento de esta silueta de oso polar, llevando a su izquierda, como su reflejo en más reducidas proporciones, el correspondiente lacayo, se trasladó la familia al flamante albergue, dejando en el otro lo poco que quedaba de los ya casi borrados recuerdos que habían sido la disculpa de la mudanza, y hasta el polvo de las suelas del calzado.

Todo este boato, con el apéndice de otro a su consonancia en cuadras y cocheras, costó mucho más de cincuenta mil duros; y me consta que por no haber tanto dinero disponible en casa, se vendieron papeles que lo valían, prefiriendo el marqués sacar esta primera cucharada del ollón de la herencia, a someterse a la tiranía de la usura, y sobre todo, al bochorno de inaugurar con una deuda aquella nueva y esplendente fase de su vida social.

VII

Y aconteció muy luego lo que a la vista estaba desde que la marquesa apuntó la idea de dejar la casa, relativamente modesta, de la calle de Hortaleza; y fue de este modo: el marqués insinuó compromisos de banquete a sus amigos políticos; la marquesa invocó deberes ineludibles de responder a súplicas de sus amigas, dando a aquellos hermosos salones su verdadero destino; es decir, estrenándolos con un baile que, sin gran esfuerzo, haría raya entre las fiestas del «gran mundo» madrileño, habidas y por haber; reforzó el primero sus razones de preferencia, sin negar la gravedad de los compromisos de su mujer, exponiendo deudas de gratitud con los personajes que, para entretener sus apetitos senatoriales, acababan de ofrecerle un distrito vacante en Ciudad Real, para diputado a Cortes; insistió la marquesa en su empeño a favor del baile, sin negar el compromiso del banquete; replicó el marqués, llevando la contraria, hasta con textos de Maquiavelo y de Bismarck; y, por último, terció Verónica, que se hallaba presente en la porfía, proponiendo que se diera una fiesta que tuviera de todo: una recepción, por lo más alto, en la cual anduviera el rumbo del comedor al nivel del brillo de los salones.

Y así se hizo quince días después.

No es cosa averiguada enteramente si la fiesta causó en la opinión pública todo el efecto que la marquesa había soñado; pero no tiene duda que concurrieron a su casa aquella noche muchas y muy distinguidas gentes; que bailaron mucho y que devoraron mucho más; que hubo hiperbólicas ponderaciones, en variedad de tonos y estilos, para la casa y para sus moradores, por el buen gusto, por la riqueza, por lo de los salones y por lo del comedor; que al día siguiente soltaron en los papeles públicos los cronistas obligados de fiestas como aquélla, toda la melaza de su trompetería de hojaldre, para declarar, urbi et orbi, que los marqueses de Montálvez eran los más ricos, los más distinguidos, los más amables marqueses de la cristiandad y sus islas adyacentes, y su hija, la joven más bella, más espiritual y más elegante que se había visto ni se veía en los fastos de la humanidad distinguida, es decir, del «buen tono»; en virtud de todo lo cual, aquel baile debía repetirse para gloria de la casa, ejemplo de otras por el estilo, y recreo de la encopetada sociedad madrileña; y finalmente, que se contaron por miles los duros que costó aquel elegante jolgorio, y que el marqués tuvo necesidad de meter, por segunda vez, la cuchara en la olla grande para pagarlos, por los consabidos temores a la usura y las propias repugnancias a las deudas.

El cual marqués llamó a capítulo de familia para reflexionar, para discutir, para resolver (todos estos términos usó) acerca de aquel cariñoso vocerío de los papeles, y sobre más de otros tantos memoriales enderezados al mismo fin, que en la intimidad de la conversación le elevaban en los pasillos del Congreso, en los corredores del teatro y en las encrucijadas del Retiro, las eminencias de la política, los Cresos de la banca y las lumbreras de la literatura, con quienes él se codeaba a cada instante; a la cual lista añadió su mujer inmediatamente otra tan larga, más o menos auténtica, de solicitantes de la flor y nata del mundo elegante; lista que reforzó la hija con un imaginario, pero verosímil, catálogo de pretensiones idénticas, arrancadas del ancho círculo de sus amigas y aduladores.

Ciertamente que (en opinión del marqués, el cual, con olímpica solemnidad, hizo un detenido resumen de estas circunstancias) el éxito excepcional de la reciente fiesta, las condiciones singulares de la casa, la respetabilidad de los timbres de familia, más brillantes y esplendorosos desde la herencia del «inolvidable anciano»; su (del preopinante) cada día más señalada significación en el agitado campo de la política española; la evidente y poderosa necesidad de aliviar los dolores físicos de la marquesa con esparcimientos racionales, a la vez que enérgicos, del espíritu; la edad de su hija, sus prendas personales, sus conveniencias de hoy, su porvenir... todo, todo, absolutamente todo, justificaba el persistente clamoreo, se imponía al criterio vulgar de las gentes precavidas y juiciosas, y exigía de ellos un «generoso esfuerzo, por encima de toda reflexión egoísta, de todo razonamiento matemático».

La marquesa y su hija fueron del parecer del marqués, y hasta se creyeron conmovidas con los períodos más elocuentes de su discurso; razón por la que se decretaron las instancias «como se pedía...» y un poquito más, en cortés y debida correspondencia. ¡Ni más ni menos que si el marqués y la marquesa creyeran que en aquel acto cedían sorprendidos por la fuerza de las circunstancias, y no al aceptado y bien consentido imperio de sus nativas vanidades! ¡Como si su hija, tan opuesta por temperamento a todo linaje de fingimientos y disimulos, no supiera que antes de insinuarse la pretensión en las pocas personas que la manifestaron, ya tenía, cada uno de los tres, resuelto el caso en la mente!

Hubo, pues, andando los días, y no muchos, un baile en la casa, tan brillante y tan celebrado como el anterior; pero no a título de «otro baile más», sino como el primero de una larga y ostentosa serie de ellos. Y colocado ya el asunto en esta pendiente, y rodando las cosas por su propio peso, un día, a fin de entretener mejor los largos intervalos entre fiesta y fiesta, los amables y agradecidos marqueses de Montálvez hicieron saber a sus íntimos que todos los jueves se quedaban en casa.

Y se quedaron en ella todos los jueves, conforme a lo prometido.

A los bailes concurría todo Madrid, lo más cogolludo y rechispeante de la aristocracia, de la banca, de la política, de las artes y de las letras. Aquellos salones deslumbrantes de luz, saturados de perfumes, henchidos de bellezas cargadas de lujo y de pasiones; el incesante crujir de las telas; el ondular de las colas, arrastradas sobre los aterciopelados tapices; el rumor de las conversaciones, el centelleo de las joyas, los suaves acordes de la invisible orquesta, y el flujo y reflujo de la muchedumbre, verdadero mar de colores y sonidos derramado por aquellos ámbitos esplendentes, ora en impetuoso torbellino agitado por los huracanes de la danza, ora en sosegado vaivén durante los intermedios; toda aquella magnificencia, en suma, toda aquella pomposidad babilónica, ejercía sobre el espíritu cierta impresión de borrachera, que disculpaba, en lo humano, el éxtasis en que el marqués admiraba el espectáculo, la pasión con que la marquesa hacía los honores de él, y la voluptuosidad con que la hija se dejaba mecer sobre el oleaje de aquella tempestad de deleites.

Después de bailar se cenaba; y las concupiscencias de Lúculo emulaban el fausto de Nabucodonosor.

La concurrencia de los jueves se componía de un poco de todo lo de las grandes fiestas, y no se admitían presentados; «amigos de confianza» que hacían política y administración y ejército, y hasta el amor, y discreteaban, según las edades, los caracteres y los sexos; algo de tresillo, mucha murmuración al calor de la chimenea, música a ratos, alguna vez lecturas, y, en ocasiones, baile. Por conclusión, té con pastas.

Muchos de estos amigos comían en la casa cada lunes y cada sábado, porque también figuraba este renglón en el programa de los usos elegantes y distinguidos de la familia.

Sumando con ellos las recíprocas a que ésta tenía notorio derecho, y no se le escatimaban ciertamente; su turno en el Real; su día de moda en el Español y en otros teatros más; las indispensables exhibiciones en carruaje abierto; las tareas distinguidamente devotas y benéficas de la marquesa, que a la sazón era presidenta y directora de no sé cuántas congregaciones cristianas, particularmente la de las Madres ejemplares, fundada por ella, y la de Doncellas humildes y temerosas de Dios, a la que pertenecía la hija, y por eso concurría a sus asambleas cada miércoles y comulgaba dos veces cada mes en las Calatravas; y, por último, sus excursiones veraniegas por todo lo más distinguido y más caro de las regiones europeas a estos esparcimientos destinadas por la moda, ¿qué extraño es que no le quedara una sola hora, un solo minuto para vivir en familia, para mirar por dentro las prosaicas mecánicas de la vida normal, para traer a las mientes las cuerdas advertencias del olvidado abuelo..., para contemplar, siquiera, desde el punto de la pendiente rápida en que se hallaba, el necesario e inevitable paradero, término fatal y merecido remate de tan locos despilfarros?

Y lo peor era que el principal y mal forjado pretexto de ellos, cada día los desacreditaba más; porque las dolencias de la marquesa parecían crecer a medida que eran mayores y más caras las distracciones con que las combatía. Pensaba la infeliz que, devorando sus quejidos y tapando con sonrisas forzadas la expresión de sus tristezas, y con drogas y menjurjes el color de la agonía y las arrugas de los años y de las zarpadas de la enfermedad, ni ésta avanzaba ni las gentes la velan; sin caer, o mejor dicho, no queriendo caer en la cuenta de que aquellos esfuerzos del ánimo, con aquel vivir sin sosiego, eran a sus males lo que el combustible a la hoguera: cebo que los alimentaba y los embravecía. Porque la vanidad, el demonio de las mujeres «de mundo», la poseía de pies a cabeza; y por eso, solamente era devota y benéfica en cuanto sus actos pudieran lucir en honra y gloria de sus humos de aristócrata acaudalada, y se dejaba arrastrar sin resistirse hacia las fauces del monstruo que la fascinaba, como el borracho contumaz hacia el lento suplicio de la taberna.

Mejores frutos pensaba haber sacado el marqués de la vida aparatosa que traía; porque, al cabo, ya que no la senaduría, que tanto le halagaba, había logrado la limosna de un asiento ministerial en los escaños del Congreso; y, sin embargo, cotejando el valor de su conquista, reducido, en substancia, a la gloria dudosa de haber pronunciado un discurso de dos horas mortales sobre la langosta de la Mancha, que no escucharon más que los taquígrafos y unos cuantos babiecas inexpertos de las tribunas; al trabajo imponderable y continuo de atormentar subsecretarios y directores, recomendándoles las querellas de todo linaje de pretendientes desvalidos, con el único fin de acreditar sus influencias; al oneroso vicio de solemnizar con un té a «sus amigos políticos» cada discurso del Presidente del Consejo, o cada batalla ganada por el Ministerio a las revoltosas oposiciones; a no tener hora ni punto de sosiego, por estar pendiente de sus deberes de padre de la patria y creerse obligado a tomar por lo serio y a sentir en su ministerial epidermis cuantas cuchufletas y alegatos contra la situación leyera en la prensa oposicionista, y la leía de cabo a rabo, y a algunas cosas más por el estilo; cotejándolo todo, repito, con lo que le había costado en desaires, en paciencia... y en banquetes, la ganancia no resultaba del todo apetecible para un ambicioso de los más usuales. Pero, al fin y al cabo, gozaba de veras el pobre hombre, era dichoso por completo; y tan absorto le traían las preocupaciones del oficio y los deberes y solaces de su vida doméstica y social, que hasta había perdido enteramente aquel su hidalgo aborrecimiento a las deudas y a la usura, y ni siquiera reparaba cómo este mal demonio de los ricos desatentados le iba hincando las unas en lo más vivo, en lo más hondo, en el mismo corazón de la «olla grande».

VIII

En este método de vida, y sin pensar en abandonarle, porque no conocía otro más divertido, cumplió Verónica los veintidós años. Decían los cronistas de salones por escrito, y de palabra el enjambre de aduladores que cenaban en su casa y la perseguían en las ajenas, que era, por entonces, el dechado de todas las perfecciones escultóricas y el conjunto de todos los donaires del ingenio. Sin ser la cosa para tanta ponderación, es innegable que la madre naturaleza no la había escaseado los dones que más seducen y alucinan a los hombres de escogidos gustos, y más provocan las rivalidades y antipatías entre las mujeres que carecen de ellos, o no los poseen en tan alto grado. De ambos efectos tuvo copiosas pruebas.

Pero la tachaban, con pesadumbre los unos y con visible delectación las otras, de descorazonada y mordaz; y creo que tampoco estaban en lo justo los hombres ni las mujeres que tal afirmaban. No le faltaba corazón en el sentido en que lo entendían aquellas gentes. Lo que ocurría, a mi entender, era que hasta entonces no había hallado cosa de su gusto en que emplearle, ni sentido seria tentación ni punzante deseo de trocar la divertida y risueña libertad que gozaba, por la relativa opresión de la cadena de flores, pero al fin cadena, con que se estimulan ciertas concupiscencias femeniles al cambiar de estado en aquella edad y en la esfera social en que ella vivía. Tan atestados tenía los oídos de lisonjas, tan repetido llegó a ser el tema amoroso con que la asediaron galanes de todas las imaginables cataduras, que ya consideraba el caso como una rutina obligada en los usos de la buena sociedad; le sonaban aquellos arrullos como un ruido más de los ruidos del mundo, y pasaban con éstos sobre ella como el aire sobre las rocas.

No es esto decir que todo le fuera lo mismo y que no hubiera en el ancho círculo de sus relaciones sociales algo en que detener la imaginación y con que apacentar los deseos, ni, por tanto, me atrevo a afirmar que no hubiera sido otra su conducta bajo el imperio de otras leyes de moral enteramente distintas de las que rigen en las cultas sociedades europeas; pero, aceptando el cargo en derecho constituido, como dicen los jurisconsultos, y pareciéndole, para juego, muy insubstancial el de los amoríos a turno, su cabeza, contra lo que se refiere de los ímpetus de la edad y de las rebeldías de la carne, se imponía sin gran esfuerzo a toda esa caterva de impulsos pasajeros, tan mal llamados, por falta de experiencia o por sobra de malicia, «arranques del corazón».

Dueña, pues, de sí misma y con sereno juicio; alegre por carácter, cortés por educación, y tomando a broma los galanteos y a diversión las flaquezas de los demás, no es extraño que en sus procedimientos, en su conducta y en su lenguaje, abundaran más las notas de color alegre, si vale el símil, que los tonos severos de las naturalezas profundamente sensibles y reflexivas. A esto se llamaba mordacidad, con bien poco fundamento, a mi juicio.

Lo que no tiene duda es que por entonces gozó de mucha celebridad en el «gran mundo» madrileño; o, hablando más adecuadamente, estuvo de moda en él. Se atrevió a enmendar la plana a las reinantes, así en el vestir y aderezarse, como en el andar; formaron escuela sus atrevimientos, y hubo peinados, y abanicos, y hasta actitudes con su nombre; ambicionábanse sus saludos y sonrisas en la calle y en los espectáculos, entre los hombres y los mocosos distinguidos, casi tanto como los del Tato o los de la Alboni; rayáronle el afrancesado Beronic con que desde su salida del colegio la habían confirmado sus amigas, por horror justificable al sainetesco nombre con que fue castigada en la pila, y la llamaron todos, en papeles y corrillos, para colmo de su gloria y sello de legítima calidad, Nica Montálvez.

En las grandes fiestas de su casa, o en otras semejantes fuera de ella, era donde los donaires de su ingenio y la pimienta de su natural desenfado se derramaban en mayor abundancia y lucían en todo su ponderado alcance. Estaba allí como el pájaro en la selva, cantaba donde, cuando y lo mejor que le parecía, porque la misma multitud le servía de escondite, y su obligada agitación disculpaba sus incesantes vuelos de rama en rama; y como los hombres tontos son los ecos de estas soledades, siempre había flotando sobre los rumores del concurso alguna melodía de sus cánticos, llevada de boca en boca, con la mejor intención del mundo, pero con el afán y la rapidez con que se propagan de ordinario todos los falsos testimonios. Parecía cosa convenida que todos sus actos habían de ser originales y todas sus palabras agudezas.

Otra bien distinta era su conducta en la intimidad de las tertulias de su casa. Y, sin embargo, estaba allí más a gusto y en su elemento que en todas partes, con ser el círculo tan estrecho y tan limitados los pasatiempos. Porque, contra lo que publicaba la fama, y aun contra mucho de lo que ella misma juzgaba de su propio carácter, había en el fondo de éste, cuando se trataba de recrear un poco el espíritu, cierta oculta preferencia por el examen íntimo de las cosas, entre éste y el conocimiento de ellas por medio de las impresiones súbitas, como si la cautivara más el detalle que el conjunto.

De todas maneras, llegó a haber motivos muy considerables para que, aun sin contar con aquella su natural inclinación, consagrara más hondo, interés a sus reuniones de confianza, que a las ruidosas solemnidades del «gran mundo».

Componíanse aquéllas, como ya se ha dicho, de un poco de todo lo de éstas, y no era en conjunto tan escaso que no diera para satisfacer los gustos y las aficiones de los tertuliantes. Los había de una tenacidad de hierro para el tresillo, apegados a la mesa como la ostra al peñasco. Por lo común, eran gentes desabridas y regañonas; y en sus peleas contra las veleidades de la baraja, siempre llevaban la parte más cruda unas cuantas viejas aristócratas, como si el ochavo que allí disputaban encarnizadamente alcanzara a tapar los descubiertos y trampas en que vivían, por culpa de sus despilfarros y disipaciones.

De estas partidas, que en ocasiones parecían de bandoleros, había varias, y estaban siempre a matar con la gente joven que hablaba recio y se movía mucho en las inmediaciones; la cual gente, capitaneada por la revoltosa Sagrario, más alborotaba en el salón, cuanto más fuerte protestaban contra el alboroto los tresillistas del gabinete. En otro frontero a él, donde la marquesa permanecía más de continuo, arrellanada en un sillón junto a la chimenea, se reunían los íntimos del marqués, desde luego, y poco a poco los aburridos de las demás secciones, que acudían al calorcillo de los debates que sustentaban los personajes de la política, y a la golosina del chiste, más o menos culto, de algunas damas de mucha correa, y de otros tantos galanes de buena sombra.

Como Nica lo pudiera remediar, no salía de allí; y no por el chiste, precisamente, ni mucho menos por los discursos políticos, sino porque había, en lo que pudiera llamarse núcleo de esa tertulia, algo que tenía su lado pintoresco y su lado interesante para una observadora como ella.

El primero que llegaba siempre a aquel lugar de preferencia, era el señor don Mauricio Ibáñez, hombre de cierta edad, de mucho pelo castaño y sin canas, anchas patillas y poca frente, mucha ceja, labios gruesos, largos dientes y muy blancos, nariz cuadrada y ojos de asombro continuo, buen color, poca estatura, elevado pecho, brazos largos y manos enormes con dedos descomunales. Era banquero muy rico, y parecía querer darlo a entender en su persona cargándola de oro y pedrería, de paños finísimos y de holandas impalpables; y además, caballero gran cruz de Carlos III, y capaz de pesar en oro al ministro que le diera el derecho de poner sobre el escudo de armas que ya usaba en sus tarjetas, siquiera la más modesta de las coronas nobiliarias. Tenía este prurito y el de hablar bien y formalmente de todas las cosas. Había sido dos o tres veces diputado por un distrito de la provincia de Cáceres, de la cual era nativo él. Sin embargo, nunca pudo «romper a hablar» a su gusto, aunque había quedado bastante satisfecho de sus tentativas: dos preguntas breves al ministro de la Gobernación, sobre otros tantos expedientes detenidos en aquel centro, y una presentación a las Cortes de una exposición de varios ganaderos de su distrito, que solicitaban no sé qué franquicias o privilegios para los exportadores de reses cebadas. Llamaba él hablar a su gusto, ser afluente, verboso; «porque--decía--no es la palabra lo que a mí me falta, pues que todas las que oigo en boca de los demás me suenan a conocidas, sino otra cosa en que no puedo dar de pronto. Que se me dice, a lo mejor, pongo por caso, que esto es blanco... y que tal y demás, y que a mí me parece negro; pues con decir esto solo, ya se me acabó la cuerda, y no hallo el modo de seguir por esa ruta, como siguen otros, diciendo que arriba y que abajo... y que tal y demás».

Aun sin el ejemplo que él ponía, se echaba de ver bien pronto que lo que le faltaba al reluciente don Mauricio, eran ideas para construir y exornar sus malogrados discursos.

Para «romper a hablar», se iba inflando poco a poco, como el pavo antes de hacer las gárgaras; y, entonces, el hombre, que ya era «de por sí», corto de cuello, daba en el pecho con la barbilla y en las orejas con los hombros. Era tardo de palabra, y de voz áspera y recia; y mientras las emitía, muy acentuadas y con cierto repicoteo de pronunciación, se tiraba dulcemente de una patilla con los dedos de la mano del mismo lado, apiñados, tiesos y algo temblorosos, como si por allí buscara el chorro de verbosidad, que no salía por ninguna parte, y daba a sus ojos asombradizos una expresión tan rara, que podía dudarse si pedía con ellos misericordia o reclamaba un aplauso.

La primera vez que hablé en casa del marqués, fue tomando punto de no sé qué suceso parlamentario de aquellos días, y se mostró muy indignado con «los meeroodeadooores del campo de la política, peste de los tiempos aztuales..., y tal y demás». Después se fue viendo que llamaba merodeador al lucero del alba, y que sin el apoyo de la otra muletilla, era hombre al suelo en cuanto «rompía a hablar».

Sin embargo de todo lo cual, mareaba a los ministros de Hacienda, y se pintaba solo para sacar buena raja de los más duros de veta; a lo que se debía que el marqués le distinguiera con singularísima estimación, y hasta le admirara; porque es de saberse que el tal marqués, desde que era diputado a Cortes, se había dedicado con afán ansioso a los negocios lucrativos que «le saltaran al paso», y en el señor de Ibáñez tenía un ojeador expertísimo, un consejero de gran competencia, y, en ocasiones, un socio desinteresado.--Lo peor era que los únicos negocios que le salían mal al banquero eran los en que tomaba parte su amigo.

En las tertulias de éste, indefectiblemente llevaba la contraria en todas las peroraciones de don Mauricio, Gonzalo Quiroga, primogénito de los condes de Camposeco. Este mozo tenía un frontispicio poco simpático, y además era gangoso. Se había educado en Inglaterra, y había viajado mucho por Europa, con largas detenciones en París, en Baden-Baden, Monte Carlo y otros sitios no menos famosos de recreo. De todas estas excursiones y paradas había sacado copiosos frutos, como lo acreditaban sus vicios dominantes, sellado alguno de ellos en la cara con hondas cicatrices, y en el cráneo con una calva precoz. Su barba era lacia, y su cuello muy largo, con nuez y costurones; tenía boqueras, los párpados tiernos, y un hombro algo más elevado que el otro. Era alto y flaco y pasaba por elegante, a pesar de todos sus defectos físicos. Lo cierto es que tenía gran desenvoltura y desparpajo para moverse dentro de los desairados arreos de sociedad, y para meter la cuchara en todos los corrillos. Aunque no era tonto, le faltaba mucho para tener un buen entendimiento; pero no conocía la vergüenza; y con esto y con el trato continuo de las gentes de su mundo, tenía lo suficiente para vivir en él como el pez en el agua. Era, en suma, un completo perdido, de buen tono.

Pues con esa alhaja estaba concertado el casamiento de Sagrario. Cálculos de familia, al decir de los bien enterados, desde que los novios eran así de tamañicos. Por lo visto, no tenían prisa para realizar el proyecto; y entre tanto, iban juntos a muchas partes, pero se trataban muy poco, por exceso de confianza entre ambos; así es que, más que novios en vísperas de casarse, parecían un matrimonio desavenido.

La razón de llevar siempre la contraria Gonzalo Quiroga a don Mauricio Ibáñez, no era otra que el gustazo de ver cómo se inflaba y contraía y trasudaba el banquero en cada contradicción, y cómo meeroodeaaba inútilmente en el camino de su pobre retórica, para urdir una réplica con que confundir al importuno a quien ya temía de lumbre, o para salir siquiera medio airoso del atolladero, delante de los contertulios, que habían dado en tomar aquellas engarras como la más divertida de las comedias.

Se había observado que en los apuros de más angustia, o en los arranques de mayor empuje, don Mauricio buscaba con los ojos a Verónica, como las plantas sombrías se alargan hacia el sol que necesitan; y en topando con ella, parecía decirla en el primer caso: «¿Peero ve usted qué teema el de este chico?» Y en el segundo: «Me paarece que ésta no tiene vuueelta. ¿No piensa usted lo miismo?».

A Gonzalo le hacía mucha gracia este resabio de su contrincante; y una noche, mientras se ahogaba el pobre hombre «meeroodeeando» a obscuras en el huero caletre media docena de palabras al acaso, acercose el otro con gran sosiego a Verónica, y, en el tono menos gangoso que pudo, le dijo al oído con mucha formalidad:

--No te alarmes, chica; pero es indudable que ese sujeto tiene planes siniestros contra ti. Precisamente en una de las pocas ocasiones en que la despreocupada joven no estaba atenta a los discursus del banquero, que la divertían sobremanera. Prefería, por el momento, la conversación de Pepe Guzmán, pájaro de mayor cuenta que su amigo Gonzalo. El tal Guzmán, aunque de segunda rama, era también vástago aristocrático: de la ilustre cepa de los Valdejones. Pasaba ya bastante de los treinta, era de hermosa y distinguida estampa, independiente, libre como el aire, y rico. No abusaba, aparentemente, de ninguna de estas ventajas. Por el contrario, parecía hombre de muy racionales inclinaciones, y bien regido. Había estudiado media carrera de Derecho, algo de Medicina, otro tanto de Mecánica, y hasta desflorado la Teología y los sistemas filosóficos de Kant, de Krausse... y de Santo Tomás; se sabía de memoria a Maquiavelo, a Fr. Luis de Granada, a Shakespeare, a Fourrier, a Santa Teresa y a Cervantes. En todo picaba y nada le satisfacía, fuera de las grandes obras de imaginación. Quizás con la espuela y el freno de la necesidad, hubiera brillado en algo de lo mucho que intentaba conocer por invencible curiosidad, pues talento y discreción tenía para ello; pero le faltaba paciencia, porque le sobraban la libertad y el dinero, y de aquí sus veleidades y aquellas ensaladas científico-filosóficoliterarias de que se atiborraba la cabeza. Viajaba a menudo y gastaba grandes sumas en objetos de arte. Los cuadros buenos le entusiasmaban, pero los bronces de mérito le enloquecían. Tenía el buen gusto de no invertir un ochavo en libros viejos, ni en vargueños apolillados; prefería las obras contemporáneas, si eran buenas, y, lo que es más raro, las leía y las saboreaba. Cosa más rara aún: en igualdad de méritos, estaba por las españolas antes que por las extranjeras, y no incurría jamás en la vulgaridad cursi de decir que no podían vivir en España los hombres cultos. Se referían de él grandes hazañas galantes, y podrían ser ciertas; pero no era su boca quien lo confirmara, ni con un gesto. Finalmente, era hombre de alegre carácter, aunque poco hablador, pero muy al caso, particularmente con las mujeres. Tenía el don de entretenerlas sin apelar al lugar común de la lisonja ni al formulario oficial del «joven travieso, distinguido y elegante». Calificábanle por ello de indomesticable y de frío muchas damas; pero es lo cierto que hasta las más remilgadas se pagaban mucho de sus atenciones... Y no sigo con la lista de sus prendas de carácter, porque, a pesar de tomarlas una a una de los Apuntes que tengo a la vista, va a resultarme un mozo cortado por el sobado patrón del mata-corazones de comedia; y esto que aquí se narra podrá ser malo, pero es la pura verdad.

Digo, pues, que este Pepe Guzmán entretenía aquella noche a Nica Montálvez cuando se acercó a ella su amigo Gonzalo Quiroga con la consabida embajada, y añado, para decirlo pronto, puesto que ha de saberse más tarde o más temprano, que el tal Guzmán era aquel algo que Verónica exceptuaba de los molestos arrullos amorosos que pasaban sobre ella, sin sentirlos, como el viento sobre las rocas; aquel «algo en que detener la imaginación y con que apacentar los deseos, que existía en el ancho círculo de sus relaciones sociales». Y es de saberse también que, a aquellas fechas, aún no se habían cruzado los primeros fuegos de la batalla entre la dama y el galán. Conocíanse mutuamente las intenciones de batallar, exploraba cada cual el terreno de su enemigo, y hasta le provocaba con ingeniosas estratagemas; pero de aquí no pasaba; y, a mi entender, en el misterio de estas precauciones, en el problema de esta actitud recelosa, estribaba el mayor interés de los beligerantes. Ni ella ni él parecían tener prisa para resolver el punto dudoso. Podía ser el caso un pasatiempo; pero desde luego era un pasatiempo entretenidísimo, con la rara virtud de no gastarse con el uso.

Tal vez era el «lado interesante» que, «para una observadora como Verónica, había en las reuniones íntimas de su casa». Del «lado pintoresco» era la principal figura el banquero don Mauricio, con todas sus cosas y con todas sus malas intenciones, en las cuales había leído ella mucho antes de que se las anunciara al oído el gangoso Gonzalo Quiroga. Por cierto que estas intenciones, o «planes siniestros», como decía el novio de Sagrario, la hacían suma gracia también.

Casi tanto como a Leticia, que no perdía ocasión de apuntarla, con la mirada o con un gesto expresivo, cada memorial que el banquero la enviaba con los ojos en sus grandes apuros oratorios. De este celo por los intereses de don Mauricio, murmurábase bastante. Afirmábase que Leticia fomentaba las intenciones del banquero, y que se hallaba dispuesta a barrerle el camino de ellas de cuantos obstáculos estuvieran al alcance de su escoba... Hay que advertir aquí que Leticia, la hermosa, fría e impenetrable Leticia, llevaba ya un año de casada con el general Ponce de Lerma, conde de Peñas Pardas, hombre más que cincuentón, y feo, diputado sempiterno, conspirador incansable de pasillos y antesalas contra todos los ministros de la Guerra, con la santa intención, jamás lograda, de llegar él a serlo una vez siquiera; amigo desleal de todos los Gobiernos; veterano de todas las cuarteladas de treinta años a aquella parte, para ganarse honradamente desde las charreteras de capitán hasta los dos entorchados que tenía; agiotista insaciable; asociado detrás de la cortina, durante la guerra, a otros especuladores que daban tocino podrido a las tropas de África, procurándose así inverosímiles ganancias que fueron ancha y sólida base de su enorme caudal, adquirido después en idénticas y tan honradas especulaciones; y, por último, de valor y capacidad «supuestos», porque jamás tuvo ocasión de acreditarlos en el campo de batalla, ni siquiera en los cuarteles; todo, incluso los ascensos, se lo fueron dando hecho y arregladito los suyos apenas salido él del escondite, en seguida de triunfar la cuartelada. Hasta el título nobiliario se ganó de parecido modo, cuando ya era general, por haber corrido en aquellos desfiladeros, siendo alférez..., delante de una partida carlista, en la primera guerra civil.

Pues con este hombre se había casado Leticia, después de convencerse (en opinión de sus amigas) de que no había en el horno de sus especiales hechizos, fuego bastante para fundir el hielo de Pepe Guzmán, que la distinguió por algún tiempo con sus cultas y amenas «frialdades».

Con estos dos hechos se explicaba la conducta de Leticia con el banquero. Le quería para Verónica, con el piadoso fin de que no tuviera ésta marido más lucido que ella; y se miraba mucho en el capítulo de las zumbas a la interesada, porque, hasta la fecha, era el caso de la generala harto más mordible que el de su amiga.

IX

Así las cosas y andando los días, una noche, en casa de Verónica, tomó a ésta del brazo Sagrario; llevósela a un rinconcito lejos de la gente; y allí, sentadas las dos en sendos sillones de rica tapicería, dijo la vehemente rubia a su amiga, entre mustia y alegre, pero con más carga de lo primero que de lo segundo:

--¡Por fin!...

--Por fin... ¿qué?--preguntole la otra con cara de pascua, al ver lo indefinible de la de su amiga.

--Que se decidió... eso.

--Y ¿cuál es eso?

--¡Jesús, y qué torpe estás hoy de entendederas! ¿Qué ha de ser eso más que... lo de Gonzalo?

--¡Lo de Gonzalo! Y ¿qué le pasa a Gonzalo, hija mía?

--¡Caramba con la chica ésta!... Que me caso con él. ¿Lo entiendes ahora?

--Sí que lo entiendo; pero no es noticia para mí. ¿Cuántos siglos hace que estáis... en eso?

--¡Dale, la muy taimada!... ¿No te he dicho que, por fin, se de-ci-dió ya? ¿Lo quieres más claro?

--¿Quieres decir que os vais a casar en seguida?

--Eso mismo.

--¡Acabaras!

Aquí un ratito de silencio. Cierta inquietud en Sagrario. Miradas investigadoras en su amiga, envueltas en sonrisas maliciosas. Recios, secos e intermitentes charrasqueos del abanico de la novia. Al fin volvió a hablar la primera, y dijo a la segunda, sin borrar de su cara la expresión maliciosa:

--¿Y para contarme esto solo me has traído tan acá y tan a escondidas, cuando podías haberlo publicado a gritos en medio de la tertulia..., y de seguro lo publicarán mañana los periódicos en sus crónicas de salones?

--Para esto solo--respondió Sagrario, sonriendo también--, y para lo que de ello se cae por su propio peso.

--Lo suponía: un poco de comentario; pero como te quedaste tan callada...

--Pensaba yo que a ti te tocaba empezar.

--Claro, ¡como no hay todavía franqueza entre nosotras, y tú eres una joven tan corta de genio!... ¿O es que piensas tomar el papel de casada por lo serio y comienzas ya a hacer provisiones de formalidad?... Lo cierto es que te desconozco esta noche...

--Ya ves tú..., el lance, al fin y al cabo, si no es serio, es nuevo para mí; y al verme tan cerca de él...

--Con franqueza, Sagrario; ese lance ¿te duele o te gusta?

--Ni me gusta ni me duele; le tomo como me le presentan: amasado y cocido. Me dicen «ahora»; pues ahora.

--¿De modo que tú no has contribuido a él... ni con la inclinación?

--Absolutamente, y bien lo sabes tú; ni ¿por qué había de contribuir con eso?, ni, aunque quisiera, ¿cómo podría? Ya ves qué ganga... ¡Gonzalo!

--¿Qué?

--¡Qué estampa de galán! con todos los vicios del catálogo...

--Entonces, ¿por qué le aceptas?

--Y a mí ¿qué más me da? Dicen que las mujeres de nuestra alcurnia deben casarse, a cierta edad, con hombres de determinadas condiciones: la casa Miralta cree que no puede entroncar con otra que la de Camposeco, y ésta juzga que vino al mundo para fundirse con la de Miralta; yo soy lo primogénita de una, y Gonzalo es el único heredero de las grandezas y caudales de la otra; se acuerda entre ambas familias que Gonzalo y yo nos casemos... «para que se cumplan las profecías»: no se admiten consultas, ni protestas, ni reparos, porque, como «ellos» dicen, lo principal es que se haga el matrimonio, «lo demás no importa tres cominos»; a esta idea nos vamos haciendo, y a este papel nos vamos acomodando poco a poco el galán y la dama de esta comedia de la buena sociedad... hasta que llega la hora del desenlace, nos echan la bendición, se baja la cortina... y cada comediante o vivir como Dios le dé a entender. Esto, después de bien mirado, es hasta cómodo. ¿No te parece a ti lo mismo, Nica?

Y Nica dijo que sí, pero sin dejar de sonreírse. En seguida preguntó a su amiga:

Pero ¿no puede ocurrir que la dama de esa comedia tenga, al llegar ese desenlace, el corazón interesado por otro galán de los de la sala?

¡Yo lo creo!..., ¡y a quién se lo preguntas!--respondió Sagrario en un arranque de sinceridad de los suyos.

--Pues, entonces...

--Entonces ¿qué?

--Más claro: tú no amas a Gonzalo

--Naturalmente.

--¿Y no preferirías para marido al hombre a quien amaras?

--Ponlo en presente: a quien amo.

--Lo pongo: a quien amas.

--Corriente... Pues te respondo que quizás no.

--¿Que no?

--Que no... ¿Te asombras? Pues no hay motivo para ello. Yo tengo acá mi teoría sobre el caso; y no es así, al aire y como se quiera, sino fundada en la observación y en el propio sentir. De pronto te parecerá un lugar común de la manoseada sátira contra el matrimonio, porque algo así se ha dicho en esas rutinas desacreditadas; pero es cosecha de mi caletre, créelo. Te la expondré en forma de máxima, como hacemos siempre los sabios para acreditar vulgaridades: «si quieres conservar el amor que sientas por un hombre, con todo lo que de este amor se sigue y se desprende, no te cases con él».

--¡Cáspita!

--Así como suena, hija mía. Parece duro y un si es no es atrevido; pero es la pura verdad. Y si no, tiende un poquito la vista sobre todo lo que conoces en derredor de ti: es un semillero de comprobantes de mi modo de pensar sobre el caso. Otra máxima: «el amor se alimenta de deseos, de privaciones y de contrariedades; dale todo cuanto pida, sin cortapisas y a pasto, y cátale muerto en dos días; y muerto por hartazgo de prosa, que es, de todos los hartazgos, el más abominable.

Sonreíase otra vez la amiga de Sagrario al oír cómo ésta se despachaba, vuelta ya al pleno dominio de su carácter, y replicola:

--Eso dependerá de la calidad del amor... me parece a mí.

--No hay más que una calidad de amor--repuso con ademán resuelto Sagrario--, y el amor tonto, que no reza con nosotras.

--Y suponiendo que tú tengas razón--preguntó Verónica a su amiga, de cuyas palabras parecía estar pendiente, sin duda por la gracia que le hacían--, ¿es lícito eso?

Revolvió aquí un poco en el sillón el lindo cuerpo la interrogada, y, después de vacilar un instante, respondió con gran desparpajo a su amiga:

--Verdaderamente que no me he puesto nunca a mirar el caso por ese lado; pero muy ilícito no debe de ser, cuando tanto se usa.

--¿Qué es lo que tanto se usa, Sagrario?

--¡Caramba!, pues el vivir con el marido y el gozar con el amante... Me parece que cosa más corriente...

Después de estas palabras, fue Verónica quien se quedó un brevísimo rato algo suspensa; en seguida, sin dejar de mirar con marcada fijeza a su amiga, la dijo:

--¿Y qué piensa Gonzalo de esa teoría tuya?... Porque supongo que se lo habrás dado a conocer...

A lo que respondió Sagrario con igual frescura que si el asunto no rezara con ella:

--¡Yo lo creo que lo conoce! Pero ¿qué se le importa a él? ¡Gracias a Dios, no tiene por qué callar! ¿No sé yo la vida que ha hecho, la que hace y la que hará? ¡Ni más ni menos que la mía! ¡Para él estaba! Además, ¿qué pone por su parte en este fregado? Sus lacras, sus deformidades y sus vicios. ¿Puede, en buena justicia, y aunque pudiera, aspirar al pleno y singular dominio y usufructo de esta mi «lozana y exuberante juventud», como dijo de ella nuestro poeta Aljófar en su anteúltimo sahumerio? ¡Oh!, sobre estas materias, ni él ni yo podemos llamarnos nunca a engaño, por muy recio que truene. Estamos los dos bien enterados, bien prevenidos y bien conformes. Y ¡cómo no estarlo! Nuestro casamiento es lo que menos importa aquí, por lo tocante a las inclinaciones y propósitos de cada uno. Nos lo hemos dicho muchas veces, y ayer hicimos un esmerado resumen de todas las anteriores advertencias y prevenciones: «nos casamos por razón de Estado, como si dijéramos; habrá de común entre los dos el hogar, los bienes y el ceremonial que es propio de la jerarquía en que se nos coloca. Fuera de esto, cada cual se atenga a lo suyo, guarde su alma en su almario y haga de su vida lo que mejor le parezca..., por supuesto, respetando siempre las buenas formas y las conveniencias sociales...», porque a esto, bien lo sabes tú, Beronic, no se debe faltar jamás... Conque ya ves.

--¿Y tan conformes los dos?--dijo la otra, mirando a Sagrario con los ojos un poco fruncidos, mientras se abanicaba lentamente y se recostaba contra el respaldo del sillón.

--Tan conformes--repitió la novia.

--¡No es poca fortuna!--añadió su amiga sin cambiar de postura--; sobre todo, para ti.

--Y para él ¿por qué no?

--Porque como en Gonzalo no hay grandes prendas que admirar, ni bellezas que apetecer, se comprende sin dificultad que tú te avengas sin gran esfuerzo a ese convenio; pero que él se resigne a no ser dueño y señor absoluto de una mujer tan hermosa como tú, siendo esta mujer la suya propia, me parece una abnegación... inverosímil.

Aquí se sonrió Sagrario, contó con los ojos y con el pulgar y el índice de su mano izquierda las varillas de su abanico abierto; y sin cesar en este entretenimiento ni mirar derechamente a su interlocutora, la replicó con acento de indiferencia:

--Después de todo, ¿qué más le da?

--¡Pues me gusta!...

--Lo dicho, Nica--añadió Sagrario animándose un poco más--; y si te parece mucho así, pongamos casi, casi.

--No lo entiendo, hija--respondió Verónica con visibles muestras de curiosidad, y otras tantas de sus intenciones de tirar de la desjuiciada lengua de Sagrario--. Si no lo pones más claro, como si callaras.

Volvió la rubia a contar el varillaje de su abanico; cerrole de pronto con estrépito; incorporose de un salto; rodeó con sus brazos el cuello de su miga, y la dijo al oído un secreto.

--¡Pobrecillo!--exclamó la otra, en cuanto Sagrario volvió a sentarse, abriendo el abanico con las dos manos y poniéndose también a contar el varillaje con los ojos un tantico cobardes.

--Como lo oyes--dijo la otra algo lisonjeada con el éxito de su confidencia.

--Y tú ¿de qué lo sabes?--preguntó Verónica atreviéndose poco a poco.

--De que me lo ha confirmado él con la mayor desvergüenza.

--¡Confirmado! ¿Luego ya lo sabías?

--Por Leticia, a quien se lo dijeron amigos íntimos de Gonzalo.

Volvió a contar las varillas de su abanico Verónica; calló también Sagrario, mirando el paisaje del suyo; y dijo a poco rato la primera, acaso por mudar de conversación, quizás porque realmente deseaba ver a su amiga apurar la materia a que se referían sus palabras:

--Volvamos un momento al caso aquel de tu teoría sobre...

--¡Hola!... ¿Si te habrá caído en gracia?

--Se me ocurre un reparo que ponerte.

--¿Acaso nacido de lo que acabamos de tratar?

--Precisamente de ello..., pero de su casta es.

--Pues venga el reparo.

--Si el matrimonio es la mortaja del amor, como has venido a decirme en substancia, y han dicho antes que tú muchos calaveras que se han casado en seguida, ¿por qué te casas en la forma que lo haces?

Quedose un poco suspensa la interpelada, como si no entendiera bien el alcance de la pregunta, y dijo a la interrogante:

--Si concretaras el caso un poquito más...

--Concrétole--repuso la otra; y añadió--: si lo que interesa es conservar el amor que sientes, por hoy, y este amor es de más hondas raíces que el de ayer... y el de anteayer, porque no tienen cuenta los que te he conocido...

--Gracias.

--Es justicia.

--Como te parezca... Adelante.

--Si lo que te interesa, digo, es conservar ese amor con todos sus encantos, ¿por qué te casas sin maldita la necesidad? Conságrate a él con vida y alma...

--¿Soltera?

--Soltera.

--¡Bah! Entonces no me has entendido; porque ése es precisamente el amor tonto que yo exceptué; y el amor de que yo trato, es amor de más substancia, de más... en fin, que no es amor para doncellas.

Pareciole demasiado crudo el concepto a Verónica, a juzgar por la cara que puso, y dijo, con miedo de escuchar algo peor:

--De manera que, para complemento de la teoría, es también de necesidad algo de matrimonio.

--Indispensable, Nica. ¡Como que es... la patente de corso!

--¡Jesús, qué chica ésta!--exclamó Verónica, verdaderamente asombrada.

--¿Ahora te desayunas--la preguntó Sagrario con desenvuelta frescura--, y con remilgos de beata te me vienes? Pues ¿qué ha hecho Leticia, entre otros cien ejemplos que pudiera citarte, sino buscar la patente esa, o aceptarla con gusto, por lo menos?

--Leticia no dice esas cosas...

--No; pero las hace. ¡Te aseguro, y bien lo sabes tú, que se aprovecha de la patente como el corsario de más hígados!

Vuelta Verónica a lo suyo y siguiendo en cuanto podía el tono de su amiga, atreviese a replicarla:

--Se me ocurre otro reparo que hacer, no a tu teoría precisamente, sino al modo que has tenido de ponerla en práctica: la patente que adquieras en tu matrimonio, de nada ha de servirte.

--¿Por qué?

--Si es cierto lo que me has contado al oído...

--Te dije que casi, casi: recuérdalo...; y entre ello, por poco que sea, y el extremo que tú pensabas, cabe perfectamente la gran vida que puede darse una mujer de tan buen gusto como yo.

--¿Y con esas teorías, y con esos... hígados--dijo Verónica levantándose y dando a su amiga unos golpecitos en cada mejilla con el abanico cerrado--, te me andabas con melindres al comenzar a hablarme de tu casamiento, como una colegialilla ruborosa?

--Pues, créeme--respondió Sagrario, levantándose también--: así y todo, me costaba empezar. Pero necesitaba este desahoguillo en vísperas de trance tan nuevo. Aunque una está tranquila de conciencia, gusta recibir los alientos de tan buenas amigas como tú.

--¡Valiente pieza estás!--respondió ésta riéndosele muy cerquita de la cara.

--Pues te voy a pagar el piropo con un gran consejo--repuso Sagrario, deteniendo a su amiga, que ya había echado a andar--: no te cases con Pepe Guzmán, aunque, por milagro de Dios, lo pretenda él; pero si don Mauricio el Solemne, pide tu mano, acéptale.

X

Aquella noche durmió Verónica bastante mal, porque le dio mucho en que entretenerse el recuerdo de su conversación con Sagrario. Aunque ésta la tenía acostumbrada a sus genialidades, que no eran siempre de color de rosa, jamás había oído de sus labios palabras tan crudas ni pensamientos tan atrevidos. Y no era el escándalo de estas sinceridades lo que la mortificaba al acordarse de ellas, pues estaba curada de ciertos espantos y había en su naturaleza, relativamente fría, y si no fría, serena y bien equilibrada, aguante para mucho más; sino la coincidencia inesperada del fruto de sus largas y minuciosas investigaciones por el organismo, digámoslo así, del medio ambiente en que respiraba y se movía, con las teorías expuestas por Sagrario. Una cosa es el juicio callado que formamos por el esfuerzo único de la propia observación, y otra muy distinta ese mismo juicio cuando le vemos confirmado a voces por los demás. Sin ser un verdadero hallazgo entonces, parécenos de doblada consistencia; y esto le presta cierto color de novedad.

Después de andar divagando por estos espacios con las alas de su imaginación, de amiga en amiga, de conocida en conocida, pesando y midiendo los actos y las palabras, la vida y milagros de cada una de ellas, y cuando vio que sí, entre tantas, eran muy contadas las que tenían el desparpajo de Sagrario para descubrir los repliegues de la conciencia y los escondrijos del corazón, eran todavía menos las que no cabían en los moldes trazados por la desenvuelta rubia, pensó en el consejo que ésta le había dado por despedida. ¡Demonio con el consejo! Cierto que no podía darse otro más acomodado a la manera de pensar de la consejera, y, sobre todo, por lo tocante a don Mauricio el Solemne, como ésta le llamaba; pero ¿a qué traer a colación a Pepe Guzmán? ¿Qué había visto en él Sagrario para aconsejarla a ella que no le aceptara por marido «aunque, por milagro de Dios, lo pretendiera»? Por supuesto que esta condicional la usó Sagrario teniendo en cuenta la fama de incasable que gozaba el aludido, no porque la considerara a ella indigna de aquel otro heroísmo de este Guzmán. ¿Cómo había de saber, la muy curiosa y entrometida, lo que ignoraba sobre el caso la misma interesada? Al fin y a la postre, ¿qué había pasado entre Pepe Guzmán y ella? Nada en substancia. Que, por entonces, era Verónica la que merecía las preferencias corteses del incombustible caballero; que hablaban a menudo; que la conversación de él le parecía muy amena y entretenida a ella, y que, según ella podía juzgar, no le desagradaba la suya al otro; que de esta mancomunidad de complacencias, había ido naciendo como cierto propósito de variar de tema en las conversaciones, y de meter la sonda de la curiosidad en las espesuras del alma y en las profundidades del pensamiento; que se andaba tiempo hacía en preparativos de ello, más o menos ingeniosos, y que todo esto y mucho más podía hacerse entre un hombre tan desapasionado como Guzmán, y una mujer tan despreocupada como ella, sin que el amor interviniera para nada en el juego... ¡Amor! Guzmán, según fama, era incapaz de sentirle por ninguna mujer. Era así su naturaleza. En cuanto a ella, Verónica, ¿en qué había de fundarle? Reconocía que era hermoso de cuerpo, noble de alma, y culto y rico de inteligencia; que levantaba muchos codos por encima de los galantes frívolos, de los mozos simples y de los viejos verdes que más abundaban a su alrededor; que sentía una lícita y honda complacencia en verse objeto de sus codiciadas atenciones; que le ola con gusto y que se apartaba de él con cierta pena; que después de cada entrevista le duraba su recuerdo largas horas; que se preparaba para la inmediata con mayores precauciones que las de costumbre en parecidos casos, y, por último, que haría cualquier sacrificio por vencerle en el duelo medio empeñado entre ambos, es decir, por arrancarle el secreto de sus intenciones, la primera gota..., vamos, la señal de que el hielo se fundía al calor del... interés que ella le inspiraba; pero ¿no puede sentirse y desearse e intentarse todo esto sin amor? ¿No bastaba el móvil de la curiosidad para que lo sintiera, lo deseara y lo intentara una mujer como ella? ¡Oh!, el amor presenta síntomas bien diferentes de éstos; se nota en algo más profundo y más sensible que la memoria y el discurso; se siente en lo más vivo del corazón, y el de ella no era, hasta la fecha, más que una víscera que funcionaba con la inalterable regularidad de un cronómetro.

Discurriendo por esta senda, llegó a topar con el sueño, que la venció tras breve lucha; tan breve, que con serlo mucho más el nombre de Pepe, se le quedó éste a la hermosa entre los húmedos labios, por falta de tiempo para acabar de pronunciarle; de manera que del acto aquel, medio inconsciente, más que palabra vino a resultar un beso...

Pero volvamos ahora a Sagrario. Su casamiento no tardó en celebrarse más que el tiempo puramente indispensable para los preparativos de él, hechos por la posta a fuerza de oro. ¡Y qué preparativos, Santo Dios! En los periódicos elegantes no cabían las listas de tantas y tantas ropas, de tantas alhajas, de tantos muebles, de tantos caprichos de arte, comprado esto, regalado lo otro, tanto en París, cuanto en Viena; aquello, de Florencia; de Londres, lo de más allá; de Bruselas, los encajes; del mismísimo Japón y del propio Sevres, las porcelanas; de Bohemia, la cristalería de color; de puro rocío cuajado, la de mesa; lo que costaba el traje de novia, blanco como los ampos de la nieve; lo que podría comprarse, para avío de dos docenas de familias mal acomodadas, con lo que valían las joyas y el trousseau que regalaba el novio, sin contar con otro tan lucido que acababa de recibir «la hermosa prometida», como regalo de sus padres... Todo lo fisgoneaban, todo lo sabían y todo lo conocían por adentro y por afuera, por arriba y por abajo, los diligentes revisteros, y de todo escribían sin tregua ni descanso, sin calo ni medida, mojando la áurea pluma en «ámbar desleído» y sahumando el papel con nubes olorosas de mirra y algalia del Oriente. Así trascendía ello, que mareaba. Del «lecho nupcial», tesoro inapreciable de maderas, bronces, lienzos, sedas, y brocados, y del simbólico boudoir, obra de hadas, que no de mortales, ¡Cristo mío, qué cosas se escribieron!... En fin, hasta para los carruajes ingleses, y para los caballos que habían de arrastrarlos, y para los levitones peludos de los cocheros que habían de conducirlos, hubo jarabe en las plumas, y sahumerios en los incensarios de aquellos ingenios de guardarropía.

Tras esto, que duró muchos días y fue el pasto sabroso de todas las mujeres y de todos los hombres frívolos de la corte, llegó la hora suprema; y vuelta a empezar los pobres

chicos con nuevos catálogos de indumentaria, de piropos inverosímiles y de sensiblerías y finezas cursis: que si la novia así o del otro modo; que si pálida, que si pensativa; que si, con sus cabellos rubios y sus atavíos blancos, parecía una joya de oro entre copos de nieve; que si el Patriarca, que si los padrinos, que si las amigas, que si quince duques, y veinte marqueses, y treinta condes, y no sé cuántos destitulados, de comitiva; y si la fila de coches llegaba desde tal a cual parte, y si hubo entre ellos uno de palacio con las correspondientes damas; y quien, en el momento crítico, «vertió lágrimas furtivas»; quien se desmayó, o quien parecía arrobada en el más dulce de los éxtasis... ¡Hasta del novio se dijo que era «un varón, honra, prez y esperanza de su preclaro linaje»!
Después, el espléndido banquete en los estupendos comedores de la casa de la «hermosa desposada»; y aquello fue la de vámonos. De lo que allí hubo, con ser tanto lo que se dijo, fue mucho más lo que se devoró. Aljófar, el tierno poeta de los salones, que de eso vivía y de otras fechorías semejantes, enronquecido de cantar la hermosura y las pomposidades de la novia en los periódicos elegantes, con un hartazgo para ocho días y bien atiborrado de Champagne, sin soltar la copa de la zurda desenvainó un soneto con la diestra; Y conmovido y mojando la pestaña antes de leerle, acometió de nuevo «a la hechicera reina de la fiesta» (con todas estas asonancias), y la puso hecha un tapiz chinesco, con grandes aplausos del ilustre concurso, que le reputaba por el más grande de los poetas coetáneos, y con arroyos del «llanto» que sabía verter el propio vate a cada estrofa, el cual llanto apagaba con tragos del espumoso néctar: casi como el pegotón aquel de marras,
«Llorando sin cesar lo que sorbía, Y sorbiendo a la vez lo que lloraba».
Por conclusión de estos y otros lances que no caben en papeles, los preparativos del viaje de los novios; las despedidas, el lagrimeo, los síncopes; lances todos ellos que habían de ser tema para el rudo trabajo de tres días de los complacidos y galantes revisteros, y de un epitalamio inconmensurable del mimado poeta, obra de empuje y substancia, como concebida entre los horrores de la digestión de lo del banquete, digestión de boa constrictor, por la duración y la dosis, ya que no por la calidad de la metralla engullida.
Y con tanto charlar estos gacetilleros y poetas, no dijeron una palabra de don Mauricio el Solemne, sino para citar su nombre entre los más «conspicuos» concurrentes; nada de sus ahogos al meeroodeear materiales para un brindis, al primer taponazo del Champagne; nada de sus moribundas miradas a la «picante beldad, ilusión consoladora de los espléndidos marqueses de Montálvez»; nada de ciertas finezas metafóricas que el deslumbrante banquero logró deslizar al oído de la elegante dama, como tímido recuerdo de sus anteriores memoriales.
Nada pescaron tampoco aquellos linces de pluma, del ingenioso y breve diálogo sostenido entre Pepe Guzmán y su predilecta amiga, formando la más gallarda y distinguida pareja que podía imaginarse; en el cual diálogo se parafraseó, con toda la discreción y gracia posibles, y no sacado a plaza por la interlocutora, sino por el sagaz interlocutor, el tema aquel que Sagrario confió al oído de su amiga; y se insinuaron,

quizá en virtud del calor y motivo de la fiesta, las primeras estocadas del consabido duelo pendiente entre estos dos expertos espadachines de la intriga galante.

Tampoco tuvo en la prensa todo el éxito que mereció la casi augusta solemnidad con que el buen marqués de Montálvez desempeñó su papel en la fiesta, particularmente durante el breve rato que conversó aparte con el presidente del Consejo de Ministros, y cuando, después de estrecharle reverentemente la mano le dijo algunas palabras al oído el Capitán general de Madrid, vestido de gran uniforme. ¡Oh, qué actitudes y qué mímica las suyas en aquellas dos singularísimas ocasiones! ¡Qué bofetón más sonoro para «los hombres de Gobierno» que todavía le regateaban la credencial de senador! ¿Dónde hallarían ellos para ese cargo otro viejo más distinguido, más serio, más limpio, más planchado, más opulento, ni más adaptable por su tipo al grave ceremonial del «alto Cuerpo Colegislador»?

En fin, por callarse cosas importantes los cronistas de la solemnidad, ni siquiera mencionaron al general Ponce de Lerma, hombre grosero, que, en menos de dos horas, riñó tres veces con el ministro de la Guerra, y dio de puntapiés a un lacayo en un vestíbulo, porque al pasar, cargado de despojos de la mesa, le manchó el frac con una salsa amarilla, mientras su mujer (la del general) departía, en animado e interesante diálogo, con el subsecretario de Gobernación, gran mozo, candidato a ministro para la primera crisis, soltero y de gran prestigio entre las damas elegantes. Era como la sombra de Leticia, desde que Pepe Guzmán se había decidido a ser la de Verónica...

Cierto que todas estas cosas mejor eran para calladas que para dichas..., casi tanto como las otras que se dijeron y se cantaron en prosa y en verso; pero los oficios, o ejercerlos a conciencia, o no ejercerlos... En virtud de lo cual hago yo aquí punto redondo, antes que al impaciente lector le parezca larga esta digresión, que nada quita ni pone al interés de la presente historia.

XI

A todo esto, el invierno se había acabado; los salones se cerraban; las tertulias se deshacían; en el Real había terminado su temporada la compañía de celebridades italianas, cuyos gorgoritos había pagado la gente rica con sumas increíbles, y las que querían aparentar que también lo eran, con el fondo del baúl, las rebañaduras de la despensa y con algo más sagrado que no se recobra jamás una vez que se ha vendido; y «el mundo elegante», sin salones, sin tertulias y sin Real, dispersábase errabundo y como desorientado, a tomar el sol, como los simples mortales, por las encrucijadas del Retiro y los amplios arrecifes del Prado y de la Fuente Castellana; paréntesis de hastío en la alegre vida de las gentonas pudientes, que sólo había de durar el tiempo preciso para que el calorcillo primaveral templara el ambiente serrano y se bebiera las charcas del camino por donde habían de ir desfilando aquéllas en busca de sus costosas, pero entonadas, residencias de verano.

La familia que más lo necesitaba, al decir de ella misma; la que saldría la primera de todas de Madrid, era la de nuestro amigo el marqués de Montálvez. Lo de la marquesa se iba agravando por momentos, hasta el punto de poner en mucha alarma a su marido y a su hija. Había serias discrepancias entre los doctores más sonados de Madrid sobre si aquellos dolores lentos, profundos y angustiosos, eran simplemente neurálgicos o reumáticos, o acusaban la presencia de un cáncer inextirpable, por lo cual era de suma urgencia que la enferma saliera a tomar estas aguas, aquellos aires y los gases de más allá; y como lo uno estaba en el Pirineo francés, y lo otro en Suiza, y en Alemania y en los confines del mundo lo restante, y, además, era de rigor una detenida consulta con las celebridades médicas de París, la expedición resultaba larga, doblemente por las precauciones y comodidades que exigía el estado lamentable de la marquesa, cuyo médico de cabecera, un hombrecillo ya viejo y de gran experiencia, que la quería mucho, porque casi la había visto nacer, la aconsejaba que tuviera juicio, pues ya estaba en edad de ello; que se quedara quietecita en su casa, limpiándola antes de ruidos y de bambolla; que se acostara tempranito y se levantara tarde; que se curara de la maña inocente de disimular sus vanidades con exigencias de la necesidad, y que no tentara a Dios metiéndose en aventuras como la que iba a acometer, porque ese era precisamente el camino más breve que podía elegir para irse por la posta al otro mundo. ¡Como si callara! Se trazó el itinerario, se dispuso y se comenzó el arreglo de la impedimenta, ¡que ya tenía que ver!, y hasta se fijó día para la salida de Madrid.

Algunos antes llamó el marqués a su despacho a Simón, el hombre de su confianza, su administrador general e intendente. Dos palabras sobre este personaje:

Era manchego, y estaba al servicio del marqués desde algunos años antes que éste se casara. Empezó de groom, con su chaquetilla listada de menudos y apretados botones, sus botas de montar y su gorra de librea. Después fue lacayo, y luego criado exclusivamente; más tarde, ayuda de cámara, y, por último, administrador de lo de adentro y de lo de afuera; porque era listo como una pimienta, previsor y complaciente hasta lo increíble, y en breve tiempo aprendió lo que no sabía para el delicado cargo que

le iba a confiar el marqués. Llegó a pintar la letra y a sacar en el aire las cuentas más complicadas. Si bien lo hacía en la administración de los mermados bienes del marqués soltero, mejor lo hizo con ellos y los puntales del marqués recién casado, y muchísimo mejor con el diluvio de caudales que inundó la casa a la muerte del ex contratista de carreteras y suministros. Era mozo que se crecía con los obstáculos. El marqués le admiraba y se dormía en la confianza que tenía en él, y hasta la marquesa le distinguía con inusitados testimonios de su aprecio. Tanto, que cuando el administrador insinuó sus deseos de casarse con la doncella más mimadita de la casa, no solamente lo aplaudió aquella señora, sino que dotó rumbosamente a la novia y fue su madrina de casamiento. El marqués no estimaba tanto al espabilado Simón por su destreza en el desempeño del cargo que ejercía, como por el talento singular que mostraba para oírle y atenderle, para pescarle los detalles más finos de sus peroraciones a destajo, y hasta para moverle a extenderlas y elevarlas. Como que llegó a tomarle como piedra de toque de la ley de su elocuencia, ensayando con él, bajo el disfraz de motivos de tres al cuarto, por salvar las convenientes distancias jerárquicas, entonaciones, actitudes y arranques que pensaba ostentar, en toda su verdadera aplicación y pompa, en el teatro de sus hazañas políticas. En la ocasión en que aparece en el despacho del marqués, aún no había cumplido el medio siglo. Era delgado, de mediana estatura, de ojos pequeños y alegres, ligeramente moreno, de cara larga y algo afilada, no mucha frente, y corto y espeso el pelo gris de su cabeza. Vestía un traje obscuro, muy modesto y muy limpio, y tenía toda la barba afeitada. Nada más insignificante que aquel hombre, a la simple vista: parecía un mozo de café. A la sazón, iban sus negocios particulares en próspera fortuna. Su mujer era una hormiguita, que traficaba en todo lo imaginable; y él, con los sueldos ahorrados, otros gajes lícitos de su empleo, y el óbolo de su hacendosa compañera, podía destinar un capitalito modesto a préstamos sin usura, pero bien garantidos. Y así iba tirando el pobre y adquiriendo una finquita hoy, y mañana unas acciones del Banco de España «por una casualidad», y al otro día una hipoteca «de lance». Nada, que había que quererle y admirarle, en cuanto se le oía hablar de estas cosas que le pasaban a él.
Y basta del sirviente; no vayamos a pecar de descortesía con su aristocrático señor, que nos espera en su despacho. El despacho del marqués era regularmente amplio, severamente vestido, severamente puesto y severamente alumbrado por la dulce y severa luz del Norte. Maderas de raíz de nogal con filetes negros, y cuero cordobés con grandes clavos de níkel; armarios llenos de libros regularmente grandes, lujosa y severamente encuadernados; cortinones de color de café con rica y severa pasamanería; alfombra persa de severos colores; coronas de marqués en cada paño y en cada mueble; algunos cuadros al óleo, de tan severo gusto, que costaba trabajo descifrar el asunto de ellos debajo de la pátina que los obscurecía..., y así sucesivamente. Entre tanto, ni una hilacha por los suelos, ni un mueble fuera de su sitio, ni un papel ni un cachivache desarreglado encima de la mesa-ministro, detrás de la cual se arrellanaba el marqués en un sillón de una severidad de líneas intachable.

Verdaderamente valía mucho más la urna que el santo. Bien mirado, en ropas menores, digámoslo así, el marqués estaba ya hecho una ruina. Sin los retoques y aparatosos arreos con que se presentaba en público; envuelto el cuerpo en holgada bata de cachemira; cubierta la amplísima calva con un gorro griego; descuidados los blancos mechones de pelo lacio que sobresalían por debajo del gorro y por encima de las orejas; sin afeitar todavía, y mal tapadas las arrugas del pescuezo por el cuello escotado de su camisa de dormir, ¡cuán diferente era aquel marqués del marqués del salón de Conferencias del Congreso, y de sus propios salones de recibir, y de todos los salones de la aristocrática comunión a que pertenecía! Digo en cuanto a su físico; porque en lo tocante a lo demás, el hombre averiado y caduco del rincón doméstico, era el mismo personaje ostentoso de la vía pública y de los grandes salones. Refiérome a la prosopopeya y a la solemnidad.

Bien sabido se lo tenía el avisado Simón, y por eso le hizo la misma reverencia al entrar en su despacho y verle solo allí, que si le hallara acompañado del Presidente de las Cortes.

Dejole el marqués que se doblara cuanto podía dar de sí su elástico y bien educado espinazo, y le dijo, cuando le vio casi derecho y tan cerca como lo permitía el debido respeto:

--Necesito, Simón, para dentro de cuatro días, diez mil duros disponibles en poder de mi banquero de París.

--Con permiso de Vuecencia--respondió el apoderado, mansa y respetuosamente--, no es el plazo tan desahogado como convendría para una cantidad de esa consideración.

--En plazos más cortos has sabido facilitarme sumas mayores--le replicó el marqués, en tono suave, pero con visos de exigente.

--Es la pura verdad, señor--observó Simón, entendiendo bien el acento de su amo--, que he tenido esa honra muchas veces; y por lo mismo, me he creído obligado a hacer a Vuecencia, con el respeto debido, esa ligera indicación... Porque, si Vuecencia me lo permite, me atreveré a manifestarle que ciertos caminos, cuanto más se pisan y se frecuentan, más intransitables se ponen.

--Todo lo que tú quieras, Simón, todo lo que tú quieras; pero no se trata ahora de esas cosas, sino de hacer lo que té he dicho en el plazo que te he marcado.

--Vuecencia será servido en ese mandato como en todos lo que se digne manifestarme; pero creo, salvo el mejor parecer de Vuecencia, que es de alguna necesidad poner en su conocimiento las dificultades que hay que vencer para dar ahora cumplimiento a los deseos naturalísimos de Vuecencia.

--No veo esa necesidad, Simón. ¿Dónde está ella? O se puede, o no se puede: has dicho que sí... Pues huelgan los comentarios.

--Pero, con permiso de Vuecencia, supongo yo que esas dificultades que hoy pueden vencerse, a costa de grandes esfuerzos, en un caso idéntico sean invencibles mañana.

--¿Y qué?

--Que en un extremo así, convendría estar al tanto de ciertos antecedentes, para no extrañar...

--¡Para no extrañar!...

--Para no atribuir a falta de celo en el administrador (pongo por caso, con el respeto debido) lo que es obra de... vamos, de la marcha natural..., supongamos, de la cosa misma.

--Pues no te entiendo, Simón.

--Recordará Vuecencia que en varias ocasiones he solicitado el honor de que me permitiera explicarle, manifestarle..., vamos, ponerle a la vista el estado verdadero... de las cosas, como quien dice.

--Cierto. ¿Y qué?

--Que Vuecencia ha tenido siempre la bondad de desatender mis ruegos.

--En lo que te he dado, Simón, la mayor prueba que puedo darte de mi absoluta confianza en la administración de mis caudales.

--Precisamente, señor, del deseo de corresponder dignamente a la inmerecida honra que me dispensa Vuecencia en esa prueba, nace el empeño de enterarle...

--¡De enterarme!... ¿Y de qué, buen Simón? ¿De que no van mis negocios en próspera fortuna? ¿De que este cortijo, y la otra casa, y tales acciones no valen lo que valían, porque los arrendamientos, y el inquilinato, y el estado general de los negocios, y el aspecto alarmante de la política así lo disponen?... ¿No es esto? ¿Ves cómo yo penetro con una sola mirada hasta el interior de las cosas, y vivo en perfecto conocimiento de ellas, sin que nadie se tome, el trabajo de pesarlas y de medirlas delante de mí? ¿Y qué le vamos a hacer si el cuadro no es tan risueño como tú y yo deseáramos? Pues paciencia, Simón, paciencia, y aguardemos días mejores, que ya vendrán. Felizmente, mi caudal no es de apariencia: es sólido y es abundante, a Dios gracias, y da para todo; quiero decir, para aguardar los vivificantes calores del estío, bien a cubierto de los mortíferos hielos invernales.

--Si no he comprendido mal el símil de Vuecencia, ese es precisamente el punto en que tengo la desgracia de discrepar de su sabio parecer.

--¿A ver cómo?

--Vuecencia sabe que sus caudales no son los que eran algunos años hace; que han disminuido..., que...

--Adelante, Simón.

--Pero desconoce el detalle, el estado en que se encuentra lo que queda de ellos; porque, si se me permite manifestarlo, los gastos de la casa y las quiebras habidas en ciertos negocios no han guardado la debida proporción con la merma de los haberes. El hacer dinero en ciertas ocasiones, cuesta más caro que en lo ordinario; y esta carestía se aumenta según que las necesidades se van haciendo más visibles y más frecuentes..., porque bien sabe Vuecencia que la usura es desconfiada, y hay que satisfacerla, y..., vamos, que abusa más de lo que debiera. Así sucede que va Vuecencia a tapar un agujero, y para taparle se forma otro; y tapa éste, y resulta otro más grande; y, tapa aquí y destapa allá, piérdese algo el buen tino, y al menor descuido salta una criba entera, que, créalo Vuecencia, no es la mejor capa para esperar un hombre, abrigado con ella, los calores del verano; sobre todo, si dan en apretar mucho, como aquí sucede, los fríos del invierno.

--No basta la buena intención que a ti te guía, mi fiel Simón, para fallar, con el acierto debido, pleitos de determinada naturaleza...

--Es la pura verdad, señor; pero cuando los números hablan... Si donde hay veinte disponibles se gastan cuarenta, resulta una falta de otros veinte.

--Si no te conociera, pensaría que llevabas tu atrevimiento hasta el extremo de intentar ponerme a ración...

--¡Señor!...

--¡No te sobresaltes, que ya hice la merecida salvedad; pero no insistas en ese tema, porque las necesidades domésticas y sociales de una familia tan conspicua como la mía, y las de un hombre como yo, no pueden sujetarse al régimen admitido para el común de las gentes, ni al criterio de un sencillo y honrado administrador como tú!...

--Las palabras y los deseos de Vuecencia--dijo aquí el aludido, plegándose casi en dos mitades iguales--son órdenes y enseñanzas para este su humilde servidor; pero como, por lo mismo, le debo toda la verdad de lo poco que se me alcanza, quisiera advertir a Vuecencia, con el debido respeto, que no me refería tanto a lo que pudiera llamarse gastos de representación de esta ilustre familia, cuyo necesario esplendor eso y mucho más reclama, cuanto a otros independientes de ellos, y que no son los que menos agujeros han abierto en la criba a que tuve el honor de referirme antes.

--¿A qué otros gastos te refieres?

--A los grandes desembolsos que le han costado a Vuecencia los negocios que ha emprendido en compañía de don Mauricio Ibáñez...

--¡Bah!..., gajes del oficio, Simón: hay que estar a las duras y a las maduras.

--Cierto; pero a Vuecencia siempre le han tocado las duras.

--También a él...

--Pero ese es su oficio; aquí cae y allí se levanta: de eso vive; al paso que Vuecencia...

--¿Otro consejito, Simón?

--¡Dios me libre de la tentación de cometer ese nuevo pecado! Sólo que pensaba yo que en ese punto, bien cabía, sin ofensa de los respetos que debo, una indicación...

--Y ¿cuál es?

--Que sería más de sentir que el dinero perdido por Vuecencia, como socio del banquero en determinados casos, el que pudiera perder en la misma compañía, de muy distinta manera.

--¿Qué quieres decirme, Simón?

--Que estoy muy bien enterado de que en el señor don Mauricio no es oro todo lo que reluce.

--¿Estás en tu juicio? ¡El banquero de más crédito de todos los banqueros de España! ¡El hombre que abarca los negocios más vastos y complicados; que manda en el Ministerio de Hacienda como en su propia casa!

--Pues ese que manda en el Ministerio de Hacienda (¡y así va ella!) no tiene los asuntos tan limpios y desembarazados como creen las gentes y deseara él.

--¿Cómo puede ser eso?...

--Será, con permiso de Vuecencia, porque el diablo reclame lo suyo, o por otra causa; pero ello es. Y cómo el que se ahoga se agarra a lo primero que alcanza con las manos, y Vuecencia tiene poca práctica para esos fregados, porque ha nacido para cosas más altas y más nobles..., cumplo con un deber, hasta de conciencia, dándole respetuosamente este aviso.

--Tú has pisado hoy malas yerbas, Simón... Ya hablaremos oportunamente de esas y otras cosas, con la necesaria tranquilidad. Ahora cumple el encargo que te he dado, y nada más. Cabalmente me hallas hoy en la peor de las condiciones para ocuparme en negocios que me obliguen a fatigar la cabeza con discursos ni con preocupaciones.

--¿Se encuentra mal Vuecencia?

--No muy bien: he sentido un fuerte desvanecimiento al levantarme... y anoche había sentido otro al acostarme.

--Debilidades del estómago...

--Eso creo yo... Pero resérvalo, de todos modos. No he querido decir nada a la marquesa, por no alarmarla. ¡Ah, los frutos del ambiente de esa condenada casa de locos ambiciosos e intrigantes! ¿Qué han de sacar de ella los hombres desinteresados y conciliadores como yo, sino grandes desencantos y trastornos cerebrales? ¡No sabes con qué ansia aguardo el momento de salir a respirar aires libres y más sanos, fuera de la atmósfera candente en que nos abrasamos aquí los desdichados a quienes el patriotismo obliga a encadenar hasta sus afectos más íntimos al presidio de los negocios del Estado!... Tienes mi permiso para retirarte, Simón... ¡Ah!, se me olvidaba..., y vaya la noticia por lo que has de gozarte en ella, no porque yo le dé la menor importancia, ni deje de considerar el suceso como un tardío acto de desagravio, por parte del desagradecido Gobierno: lo de mi senaduría es cosa acordada, al fin.

--Reciba Vuecencia por anticipado la más humilde, pero la más cordial de las felicitaciones.

--Esas, para la patria, Simón, que tan necesitada está de reparaciones de esa índole, aunque te suene el reparo a vanagloria. De todas suertes, gracias por la cariñosa enhorabuena... y Dios te guarde.

XII

En ningún capítulo de los Apuntes que me sirven de guía en este relato hay mayores despilfarros inútiles de tiempo y de imaginación, que en el que la redactora da cuenta del viaje proyectado algunos renglones más atrás. Es, en su mayor parte, un verdadero artículo de Revista, escrito, por una observadora tan impresionable como inexperta, a través de sus debilidades de sexo y de sus preocupaciones demasiado subjetivas. Échase de ver desde luego en tan prolija tarea, que en las últimas entrevistas de Verónica con Pepe Guzmán, el empeñado duelo no pasó de un nuevo cambio de estocadas, como si cada combatiente pusiera mayor ahínco en defenderse que en herir, desde que por primera vez cruzaron los aceros en la boda de Sagrario. Pesa, mide y compara, con escrupulosidad de alquimista, cada gesto y cada frase del receloso galán; asómale la impaciencia a cada momento en los puntos de su pluma; traslúcesele el desasosiego a cada instante; danle motivo todo lugar y cualquier suceso para recordar al invulnerable y discurrir sobre estas cosas, y aun protesta de que en tan invencible y tenaz empeño no entra para nada el interés amoroso; que todo es obra de la curiosidad, tan vehemente y disculpable en las mujeres en casos tales, y que su corazón continúa siendo víscera simplemente, sin un latido ni una sensación de más ni de menos que lo regular y ordinario. Podrá ser aprensión mía; pero es la verdad que leyendo estas largas disertaciones, se me vienen a la memoria los niños que se tapan los ojos para no ser vistos.

La primera etapa de los expedicionarios fue París, según costumbre, y la estancia allí, la más larga de todas las del viaje. Consultó la enferma con las eminencias del «arte de curar», y ninguna de ellas dejó de prometerla un pronto y radical alivio... ni de aconsejar a su familia que la volvieran cuanto antes a su casa, porque quietud, sosiego y «auras domésticas», era lo que principalmente requería la incurable enfermedad de aquella señora... En fin, lo que la había aconsejado en Madrid su médico de cabecera. Pero declara ya su hija terminantemente que su madre no viajaba con la esperanza de curarse, sino con el propósito de divertirse así; y añade que este reparo se opuso al dictamen, tan bien expuesto y mejor cobrado, de las eminencias; que éstas le aceptaron por suyo reverentemente, y que se le ofrecieron a la marquesa bien diluido en un risueño plan de correrías por los balnearios y sitios de recreo más elegantes y aristocráticos de Europa (igual a lo acordado por las eminencias de Madrid después de haber conocido los deseos de la enferma), y que se determinó que fuera Interlacken, donde nunca había estado, la segunda etapa de la recreativa expedición. Verónica hubiera preferido otro rumbo: Vichy, por ejemplo; y no porque Pepe Guzmán se hubiera despedido para aquellas aguas, que tomaba todos los años para curar ciertos desarreglos de su estómago, puesto que la había dado su palabra de encontrarse con ella «donde menos lo pensara», sino porque... «cada cual tiene sus gustos».

Pero si dejó de ver en el Pirineo francés a su amigo tan estimado, en el corazón de la Suiza se halló con otro que no valía menos, según la fama, si se pesaban ambos en oro. Porque allí estaba don Mauricio el Solemne, una semana hacía, a curarse sus achaques nerviosos con aquellas duchas de hielo derretido. Este pretexto alegó, al menos, para explicar al marqués su estancia inesperada allí: inesperada, porque de todo había hablado a su ilustre amigo al despedirse de él en Madrid, menos de que padeciera tales achaques, ni de que intentara curarlos de aquel modo ni en aquel sitio. Cierto que no estaba el banquero en el pleno goce de su natural imperturbabilidad cuando estas cosas decía, como no lo había estado cuando se halló de improviso en el mismo hotel que habitaba, con la presencia de sus egregios amigos; que a este mismo «fenooómeeno» se agarró él como prueba de la existencia de la enfermedad, y que afirmó que la había cogido repentinamente una noche, muy pocas antes, en lo alto de la calle de Alcalá, hablando, desabrigado, con el ministro de Hacienda. Pero tan mal le iba con el tratamiento aquel, en mal hora aconsejado por su médico de cabecera, que tenía resuelta su marcha a París en el mismo día, no obstante el nuevo y poderoso atraaztivo que tenían para él aquellos lugares «desde que los honraban tan excelentes y tan inolvidables amigos». Esto de «inolvidables» se lo espetó a Verónica en un memorial de mirada triste, con el correspondiente tirón de patilla; el cual memorial fue contestado con una sonrisa... de las de Verónica, la cual sonrisa debió sentarle al recurrente como si le afeitaran en seco.

Y como lo dijo lo hizo, Salió en posta de Interlacken aquel mismo día, sin aguardar a sentarse a la mesa; y detrás de él y con el mismo rumbo, una dama solitaria, de gran porte y «cierta traza», que había llegado con el banquero mismo, y comía a su lado, y a su lado habitaba en el hotel; es decir, tabique en medio.

--¡Y pensará el simplón que no le he sorprendido el contrabando!--díjose, muy aparte, el marqués, cuando se enteró de todos estos tejemanejes--. ¡A mí con esas disculpas de colegial! ¡Al que ha sido cocinero antes que fraile! ¡Semejante majaderote! ¡Como si tuviera el lance nada de particular, o nos interesara a nosotros cosa alguna!

Y no se habló más de este suceso en la familia del marqués, ni había para qué tampoco.

Escaseaba mucho todavía la gente de lustre en aquel sitio; y con esto y con no sentarle bien el clima a la marquesa, condújosela a otro más de su gusto. Y no digo a cuál, porque si fuera a seguirla paso a paso en el camino de aquellos sus antojos de rica vanidosa, incurriría yo en el mismo defecto que he tachado en el correspondiente capítulo de los Apuntes.

Mas por grandes que sean mis propósitos de reducirme todo lo posible en mi tarea, no he de omitir la mención siquiera de lo que más halagaba y seducía los apetitos del marqués durante su peregrinación por tantos y tan culminantes lugares: las celebridades políticas de todos los Estados europeos, que veraneaban dispersas, y con las cuales se topaba acá y allá, con sus respectivos cortejos de admiradores y de parásitos; los estadistas de segunda categoría, harto más ceremoniosos y teatrales que los de primera: los unos haciendo vida aparte y dejándose sentir, como el sol, desde muy lejos, o entre nubes; los otros, invadiéndolo todo con su pompa de relumbrón, presidiendo las mesas, los bailes, las jiras y hasta las salas de duchas o de inhalaciones... o la ruleta; pero los otros y los unos asediados por legiones de babiecas y por el espionaje de los reporters, para apuntar lo que dicen, lo que piensan, lo que comen, si se bañan, si se ríen, si meditan, si se enfadan, o si tosen o estornudan, y estamparlo como noticias de sensación en los periódicos de mayor renombre, con las más peregrinas conjeturas sobre el influjo del suceso en la política internacional. Y a los casinos llegaban estos y otros cien periódicos más de todas las naciones, y en todos ellos danzaban las noticias y las conjeturas, con otras semejantes y nuevos comentarios de propia cosecha, anunciando entrevistas, desentrañando frases, prediciendo resultados y dejando muy tirante la curiosidad de los lectores con la promesa de nuevos acontecimientos para el día siguiente.

Y el marqués devoraba estos periódicos, y contemplaba en éxtasis a aquellos hombres que tanto les daban que decir; y se comparaba con ellos, y no se vela más bajo, ni menos ostentoso, ni menos solemne, ni menos «honorable»: ninguno tomaba tan en serio como él eso de «los organismos políticos», «las energías de la patria», «el sentimiento público», «la alteza y respetabilidad de los cuerpos colegisladores» y otras cosas tales; ninguno le ganaba en desinterés, ni en celo, ni en instinto político, y pocos, muy pocos, llegarían a aventajarle en el modo y manera de utilizar con honra propia y decoro del sistema «la tribuna del Parlamento». Esto era «obvio, de toda notoriedad e inconcuso», y, sin embargo, su nombre no aparecía jamás entre aquellos otros, tan traídos y tan llevados, ni había un papanatas que le siguiera, ni un mal periodista que le preguntara su parecer sobre la política del Czar y las últimas circulares de nuestro ministro de Estado. Citábasele alguna vez entre los bañistas más distinguidos, recién llegados; cortejaban a su hija algunos insípidos gomosos, porque era guapa y afamada de rica, y pare usted de contar. Pero ¿qué diablos valía todo esto para un hombre de su estirpe, de sus nobles ambiciones y..., sí, señor, de su significación e importancia, por donde quiera que se le considerase? Caprichos, veleidades de la fortuna, del «hado» quizás..., porque el marqués estaba persuadido de que a los «hombres públicos» los forman las circunstancias, un momento de la vida, un «choque fortuito», de la piedra contra el acero, que hacía brotar la luz de repente. Así entendía el «hado» el buen marqués.

Entre tanto, lejos de desalentarse en su empresa, cada día buscaba con mayor empeño ese instante, ese fortuito choque, y no perdía ocasión de arrimarse a los privilegiados para hombrearse con ellos y meter la cuchara en sus conversaciones. Y así pasaba el tiempo en las etapas de su viaje, y aun en todos sus viajes de veraneo, si no satisfecho de los resultados obtenidos, porque el choque no se verificaba ni la luz se producía, consolado, al menos, con la ilusión de que las gentes, viéndole tan bien acompañado, le tomarían por lo que no era, es decir, por lo que deseaba ser.

Corriendo los días y rodando los expedicionarios, tan pronto en un puerto de mar como en una estación de secano, arrastrándose más que caminando la marquesa, a quien apenas bastaba una semana de reposo por cada hora de jornada, ninguno de los tres recogía el fruto sazonado de sus ilusiones: el padre, por lo que se ha visto; la madre, por lo que fácilmente se adivina, por enormes que sean las dosis de vanidad y de tonta presunción de que la supongamos henchida, y la hija, porque a medida que el tiempo pasaba sin que se cumpliera la promesa que en Madrid había hecho Pepe Guzmán de encontrarse con ella «donde menos lo pensara», crecían sus impaciencias «por el natural e insignificante deseo de salirse con la suya»; y la suya era que no se encontraría en parte alguna de su expedición veraniega con Pepe Guzmán; y no encontrándose con él, estaba autorizada para decirle, en broma, por supuesto, en cuanto le viera en Madrid: «¡valiente palabra es la palabra de usted!» Y con esta sola preocupación, se pagaba bien poco de todo lo que hallaba al paso; de preparar el éxito de sus exhibiciones en playas, alamedas y espectáculos, y mucho menos del tributo ofrecido a su belleza por la turba de tenorios contrahechos que a eso van a los «centros elegantes», y aun por otros admiradores de más seso y mejor arte.

En Baden-Baden halló el rastro de su amiga Sagrario, que andaba recorriendo el mundo en su viaje de novia. Había dejado allí fama de hermosa, de elegante, y, sobre todo, de desenvuelta. Se hablaba mucho, muchísimo, de sus hechicerías, entre los hombres, y de su «provocativo sans façon», entre las mujeres. Cuando tenía el sitio hecho un volcán de intrigas, de deseos, de cálculos y de murmuraciones, desapareció repentinamente con su marido, porque éste, que no salía de la ruleta, perdió en una noche cuarenta mil duros, sobre otros veinte mil que tenía perdidos ya; y no se había casado ella con Gonzalo Quiroga para eso, sino para cosa muy diferente. Esto se decía y se propalaba por aquellos ámbitos henchidos de la fragancia de todas las pasiones, buenas y malas, pero muy elegantes, y de nada se asombró la recién llegada madrileña, porque lo uno lo consideraba verosímil y hasta necesario, y de lo otro sabía que era la pura verdad.

Sucesos hartos más graves la aguardaban en Spá. Por de pronto, se encontró allí con amigos de su mayor intimidad; como que eran Leticia, su marido y el subsecretario de Gobernación; y ya se supondrá que no cuento este hallazgo entre los sucesos graves a que me he referido, aunque alguna gravedad revestía la altivez del continente de la primera, frente a la actitud algo airada y como rencorosa del tercero; pero más grave fue una estocada que este funcionario español atizó, en la madrugada del día siguiente, a un príncipe ruso bruñido a la francesa, que campaba en el sitio por su riqueza, por su boato y hasta por su estampa original y castiza. Tampoco fue lo grave la estocada porque pusiera en riesgo de muerte al príncipe ruso, pues no llegó tan adentro «la acerada punta», sino por el ruido que hizo y lo que dio que hablar a las gentes, y que temer a la impávida Leticia, y que hacer a la misma Verónica para ayudar a su amiga a convencer al subsecretario de que ciertos sucesos, aunque se vean con los ojos y se palpen con las manos, no son lo que aparentan, sino quimeras de la imaginación ofuscada.

Pero lo más original y lo verdaderamente grave del suceso, mirado a cierta distancia, fue que el general Ponce, es decir, el marido de Leticia, apadrinó al subsecretario en su duelo con el ruso; en honor de la verdad, no porque llevara el apadrinado su frescura al extremo de solicitar del otro un favor tan señalado, sino porque el arisco veterano, al saber de qué se trataba, por rumores llegados hasta él, «como amigo, como soldado y como español», no quiso que nadie se anticipara a prestar ese servicio a su ilustre compatriota. No hay para qué advertir que este detalle sonó en la colonia elegante y desocupada mucho más recio que la estocada y los motivos de ella. En cuanto al general, cumplido su deber de amistad, de soldado y de español, y altamente satisfecho de su conducta, se volvió a sus reales, es decir, a pasarse todo el día y parte de la noche con un periodista madrileño, desollando al ministro de la Guerra y proporcionando la metralla con que el primero le fusilaba, un día sí y otro no, desde las columnas de su periódico. Ni más vela, ni en otra cosa pensaba, ni de otros jugos se nutría la fibra de su naturaleza.

Pensó Verónica, como lo hubiera pensado cualquier otra mujer de honrado temple, que después de aquel ruidoso acontecimiento su amiga abandonaría a Spá con cualquier pretexto; pero no la conocía bastante, con creer conocerla muy a fondo. En el de Leticia existían alientos para resistir aquel empuje y mucho más.

--Mi fuga--dijo a su amiga, hablando con ella de estas cosas--sería la confirmación de los rumores. Otra mujer en mi caso, aun pensando esto mismo que yo pienso, huiría por no atreverse a quedárse; pero a mí no me espanta la fiera, y ya verás cómo la domino.

Y nunca se la había visto en público tan serena, tan elegante, tan hermosa, ni tan envidiada, como se la vio después del «grave suceso», ni se había mostrado delante de la gente tan expresiva ni tan afable con el subsecretario de Gobernación, ni tan atenta y cortés con el príncipe ruso, que, por cierto, no tardó tres días en largarse de allí.

No tuvo Verónica motivos para dolerse de la resolución tomada por su amiga, pues su compañía y su serenidad la sirvieron de mucho en el verdaderamente «grave suceso» que aconteció en breve, seguido de otro tan grave como él. Y fue que hallándose departiendo el marqués y el general, momentos antes de sentarse a la mesa, y paseándose a lo largo del salón contiguo al comedor, y estando la porfía en lo más candente, es decir, sosteniendo el segundo que todas las desventuras de España procedían de la incapacidad y de los desaciertos del ministro de la Guerra y de todos sus antecesores, y templando el primero sus crudezas con reposadas y campanudas reflexiones sobre el necesario «concurso de las fuerzas vitales del país» y «el engranaje de la máquina gubernamental», de pronto le faltó la palabra precisa; valiose de otra menos propia y muy mal pronunciada; esparciese sobre el sonrosado color de su rostro un tinte lívido; lanzó un áspero quejido por su boca, que se torcía por momentos, y reviré los ojos; y a no haberle recibido el general entre sus brazos, hubiera dado el pobre marqués con su oronda humanidad en el santo suelo.

Lo que allí sucedería después, no hay para qué referirlo. Conducido a su habitación y puesta en movimiento media casa, sometiósele al tratamiento que la ciencia tiene menos desacreditado para esos lances, y se esperó el resultado de él y el de la primera consulta que celebró un rebaño de doctores que fueron acudiendo alrededor del paciente, los más de ellos sin que nadie los llamara. Tras una hora de encierro en el cuarto inmediato al del enfermo, a quien rodeaban su familia gemebunda y cuantos españoles hubo en las inmediaciones, fueron apareciendo uno a uno los doctores, en larga y solemne procesión; cediéronles los profanos el sitio en derredor del lecho; tomó la palabra el menos joven y más estirado de los médicos; dijo que estaban perfectamente de acuerdo todos los profesores allí reunidos, lo mismo sobre el pronóstico que sobre el diagnóstico de la enfermedad que aquejaba al señor marqués; que aprobaban lo que hasta entonces habían dispuesto los dignísimos compañeros que se les habían anticipado en el honor de prestar los primeros auxilios al ilustre paciente; que volverían a reunirse dentro de dos horas, y que buen ánimo, entre tanto, para conllevar la inevitable pesadumbre por lo ocurrido...; con lo cual, y una ceremoniosa inflexión de cuello y de espinazo, salió de la estancia seguido de sus comprofesores, lo mismo que habían entrado, uno a uno y con la respectiva inflexión de cuello y de espinazo, graves, muy graves todos, y a cual más atildado y taciturno.

Afortunadamente, lo del marqués no fue tanto como parecía. Rehízose un poco su naturaleza a las pocas horas; al amanecer conoció a su familia y a sus amigos; articuló algunas palabras; movió los miembros, antes paralizados, y al mediodía del siguiente pronosticó el senado de doctores, en su tercera consulta, que, sin una complicación inesperada, el ilustre enfermo entraría muy pronto en una franca y satisfactoria convalecencia.

Ya las nubes de la tristeza se rasgaban y difundían hasta transparentarse en aquella mansión, poco antes de lágrimas y sobresaltos, cuando la marquesa, que se había quedado en la cama aquel día para restaurar un poco las fuerzas de su trastornada máquina, puestas en los límites de la extenuación con los recientes sustos y el anterior ajetreo de su larga peregrinación, sintió de pronto tales espasmos, convulsiones y desfallecimientos, que pensó que su vida terminaba en aquel trance, y lo mismo pensaron su atribulada hija y las gentes que con ella acudieron a socorrerla. Por consiguiente, nuevos apresuramientos, nueva irrupción de doctores, nuevas consultas y nueva serie de larguísimas horas de angustias y sobresaltos para la pobre joven, que, en aquella apuradísima situación en que se veía, se juró a sí propia emprender la vuelta a Madrid por el camino más corto, tan luego como los enfermos se hallaran en condiciones de ponerse en viaje, si Dios no había decretado que le hicieran al otro mundo sin salir de la cama.

Pero también se resolvió en el mejor de los sentidos la crisis alarmante de la marquesa; sólo que, al paso que el restablecimiento de su marido llevaba trazas de ser completo y sin dejar el menor rastro de la enfermedad vencida, el de ella caminaba paso a paso, y mal seguros, con muchos tropezones y algunas caídas. Al fin, llovía sobre mojado, y en cada nuevo embate de la enfermedad se llevaba ésta mayor tajada entre las uñas.

Durante la convalecencia de los dos enfermos, Leticia y Verónica, como si quisieran resarcirse de los afanes y tristezas que habían sufrido juntas como dos hermanas, mejor que como dos amigas, hablaron mucho, de muchísimas cosas: de todo menos del príncipe ruso y de su duelo con el subsecretario de Gobernación, y de Pepe Guzmán, que no asomaba por ningún sendero a cumplir la palabra empeñada con Verónica. Entre tanto, el tal subsecretario, el general y el periodista español, no se apartaban un punto del marqués, que ya estaba en voz nuevamente y comenzaba a hacer pinitos parlamentarios. Estaba muy satisfecho del interés que se habían tomado por su salud el canciller de acá, el embajador de allá, un ministro del kedive de Egipto y cien eminencias más que veraneaban por allí. Esto le confortaba y le reconstituía.

Y hablando, hablando Leticia y su amiga, sacó la primera a relucir a don Mauricio el Solemne.

--Poco antes de llegar tú--dijo a Verónica--, se presentó aquí de improviso; se encontró con nosotros al día siguiente; y como si le hubiera contrariado el encuentro, aquella misma tarde salió para París.

--¿Solo?--preguntó sonriendo Verónica.

--Solo--respondió sonriendo también su amiga--. Porque por más que se afirmó entre los maldicientes lo contrario, yo creo que nada tenía que ver con él una dama muy aparatosa, de cierto pelaje, que le siguió muy de cerca al marcharse, lo mismo que le había seguido al llegar.

--¿Alta y rubia?--volvió a preguntar Verónica, recordando quizás las señas de la de Interlacken.

--Morena y baja--respondió Leticia.

--¡Qué voracidad de hombre!--pensó la otra sin pedir ni dar más explicaciones.

Con los equipajes hechos, los convalecientes medio embanastados; en fin, casi con el pie en el estribo ya para volver a Madrid los tres expedicionarios de nuestra historia, dijo Leticia a su amiga al despedirse de ella:

--Sé que el banquero don Mauricio bebe los vientos por ti... ¿No te gusta que te lo diga?... Lo siento, y perdona; pero escucha. Es un tipo, bien a la vista está; pero tiene prendas que no puede ni debe desconocer una mujer como tú. Por tanto, como buena amiga y porque te quiero mucho, te aconsejo que si pide tu mano, no se la niegues.

--Gracias--respondió la aconsejada, pagando con un beso en cada mejilla de la consejera otros dos que ésta le había estampado en las suyas, con las últimas palabras del consejo, como si hubiera querido pintárselas allí para que no las olvidara.

¡También Leticia! ¿Era aquello una burla o una pesadilla? El mismo consejo que Sagrario, menos en lo referente a Pepe Guzmán. ¿Por qué esta omisión? ¿Fue por ignorancia o por malicia? ¡Ah!, ¡de qué buena gana la hubiera hecho ella entonces, y aun antes de entonces, por curiosidad, se entiende, nada más que por curiosidad, una pregunta! «Vamos, Leticia, con toda franqueza..., como si te confesaras conmigo, ¿hasta qué punto llegaron tus amistades con él?...» Porque era mucho lo que, de algún tiempo a aquella parte, la mortificaba esta sencilla curiosidad.

XIII

La marquesa llegó a Madrid hecha una lástima; pero el marqués, como si nada le hubiera pasado. Algo claudicaba del lado derecho, reparándole bien, y se le torcía la boca al sonreírse, y un tanto desmemoriado se encontraba en lo tocante a fechas y nombres propios; pero este levísimo rastro de su pasado accidente se borraría muy pronto, como se habían ido borrando otras huellas, harto más hondas, del propio mal.

De muy distinto modo lo veía su hija, que, aun sin lo advertido por los doctores de Spá, tenía en su buen entendimiento la luz necesaria para no engañarse; y con esto, y con la evidencia de que el estado de su madre era gravísimo, también; con las tristes deducciones que le resultaban de estas innegables premisas; la relativa soledad en que se encontraba en Madrid, a donde los apuntados sucesos la habían obligado a volver antes de lo calculado, y, por consiguiente, hallándose todavía rodando fuera de la patria todos los amigos de «su mundo»; la negrura de los espacios a que la condujeron sus cavilaciones pertinaces, y, ¿por qué negarlo?, hasta la ausencia del único hombre de fuste que en aquel caso pudiera ser para ella un prudente consejero, y cuanto en este hilo de su discurso fue ensartando la mano de Satanás, porque otra más honrada no podía complacerse en hacer un rosario tan largo y de tan fríos desalientos, llegó a apoderarse de la infeliz una verdadera melancolía; siendo muy de notar que antes se le aumentaba que se le disminuía con los cálculos risueños y los propósitos mundanos, que eran los temas exclusivos de la conversación de los convalecientes con ella. La cual tiene abnegación bastante para declarar sin rebozo en este pasaje de sus Apuntes, que intervenía muy poco o nada su corazón de hija en la manifestación de aquel fenómeno. No la impresionaban las ilusiones de sus padres por el contraste que formaban con su certeza de que era muy breve el espacio que las separaba de la sepultura de los ilusos, puesto que no era el dolor de perderlos lo que sentía en sus temores de quedarse huérfana a la hora menos pensada. El fenómeno era producto de un trastorno nervioso, de un estado histérico, sometido al influjo de un orden de sentimientos muy distintos: los enumerados ya, y un recelo pavoroso de lo desconocido. Su afecto de hija no profundizaba más que lo que da de sí el hábito de vivir en comunidad, no muy íntima, con otras personas. Muy poco y bien triste le parece esto a ella misma; pero tranquiliza su conciencia con la cuerda reflexión de que lo extraño hubiera sido lo contrario, con una educación como la que había recibido y unos ejemplos como los que le habían dado en su propia casa.

Veamos qué cálculos y propósitos eran los que preocupaban a los marqueses en los momentos en que todo el tiempo de que disponían debiera parecerles corto para liquidar sus largas cuentas con Dios. Los de la marquesa se enderezaban a dar a sus salones, en el próximo invierno, el último barniz de que carecían para brillar entre los más esplendorosos de la corte: quería construir un elegante teatro doméstico, en el cual las damas y los galanes más distinguidos de la aristocracia representasen lo selecto del repertorio... francés, en lengua francesa por de contado. Esto era el colmo, por entonces, y aun creo que lo es por ahora, del rumbo y de la distinción de los salones del buen tono madrileño. El intento, si se realizaba, costaría un sentido; pero ¿qué tenía que ver ella con ese prosaico y vulgar detalle? ¿No era rica? ¿No daban sus caudales para todo? ¿No era el intento noble y, amén de noble, impuesto por la ley inexorable... «de las cosas»? Pues habría teatro doméstico, y lindo y elegante, como el mejor de su especie; y para lograrlo así y lo más pronto posible, conferenciaba a menudo con el mismo arquitecto que le había trazado y dirigido las obras de su casa, y con su hija para la formación, digámoslo así, de la troupe aristocrática que había de debutar en él, a más tardar en la próxima noche de Año Nuevo. Y bien sabido se tenían Verónica y su padre que los intentos de la marquesa no podían traducirse en broma jamás. Siempre fueron órdenes sus lacónicas frases, y leyes inapelables sus deseos. Esto, en buena salud; ¡qué no sucedería cuando las molestias de la enfermedad la obligaban a ser más antojadiza y exigente?

En cuanto a los planes de su marido, casi está por demás advertir que no salían del trillado campo de sus anhelos senatoriales. Cierto que le constaba con toda evidencia que su senaduría era una de las de la hornada que de un momento a otro lanzaría el Gobierno a los estantes de la Gaceta; y sobre este importante preliminar, por tantos años perseguido, nada tenía ya que temer; pero no se trataba de eso, sino de algo que debía seguir inmediatamente al acontecimiento, como el estampido a la expansión de la pólvora inflamada en un arma de fuego. ¿Cómo le celebraría él, cuándo y en dónde? ¿A qué y con quiénes le obligaba esa distinción, que no por ser justa y merecida y aun algo tardía, dejaba de haber sido piedra de toque de muchas y buenas amistades... y de asombrosos temples de paciencia?

Esto le preocupaba, y a este tema se redujeron sus conversaciones familiares por muchos días. Al fin resolvió, sin que nadie se le opusiera, que daría un banquete de circunstancias en su propia casa, tan pronto como los ausentes personajes volvieran a Madrid y entrara en sus ordinarios quicios la vida política y social de la corte; y que en ese banquete pronunciaría él un discurso, en el cual «quedara bien definida su significación al lado del Gobierno de Su Majestad», y puesta bien de relieve, con la autoridad de su ejemplo y la elocuencia de su palabra, «la necesidad de robustecer el prestigio de los poderes públicos con el concurso de todas las fuerzas vivas de todos los hombres independientes y desapasionados del país, tan trabajado y maltrecho por obra de todo linaje de mezquinas intrigas y de pasiones bastardas».

Tal había de ser el tema de su acto político; y en desenvolverle, pulirle y entonarle debidamente, creyendo como artículo de fe que había de tener «inmenso alcance y altísima resonancia», se pasaba el buen marqués las noches de claro en claro y los días de turbio en turbio, como el otro loco (y perdone su ilustre y bien acreditada fama la comparación) con los libros de caballerías.

Es de advertir, asimismo, que el banquete, no sólo había de celebrarse en su propia casa, sino también disponerse y servirse con elementos y accesorios de la casa misma; condición sabiamente acordada por el marqués, que, contando con que no faltarían los obligados sahumerios de la prensa al menú y al aparato de la mesa, no quería ceder a un fondista, aunque se llamara Lhardy, ni ese rayo de esplendor que también cabía en el nimbo de su cabeza casi augusta.

Ello es que pasando días y semanas; estando perjeñado el discurso y a medio digerir; puestos en ejecución los planes de la marquesa y los planos de su arquitecto, y por los suelos algunos tabiques de la casa; en Madrid casi todos los encopetados touristas veraniegos; cada hombre político en su sitio; Verónica no tan aburrida ni nerviosa como a su llegada; Pepe Guzmán bien perdonado de su falta, en virtud de razones bien expuestas y mejor recibidas; la marquesa incapacitada de moverse de un sillón en cuanto la sacaban, con trabajos, de su lecho, y el marqués con su credencial de senador entre las manos, llegó el mes de octubre, y con él la ebullición de la vida madrileña, quiero decir, la de la gente de dinero y lustre en los campos colindantes de los placeres y de la política; y llegando el mes de octubre, que era el que esperaba el marqués con grandes ansias, dio por bien digerido su discurso, y consagró todo el muy escaso que le quedaba sano a disponer el programa de la fiesta.

Dejemos por cosa innecesaria la historia de este parto laborioso, y pasemos de un salto, que el lector dará con gusto, por lo que le abrevia el camino, a los linderos del comedor de nuestro personaje, desde donde podemos contemplar, sin ser vistos, el cuadro resultante de tantas, tan profundas y tan conmovedoras cavilaciones, con lo demás que se siguió como fin y remate de la fiesta.

Como el banquete era político, aunque de otro modo le calificara el marqués por pura modestia, no se dio asiento en él a las señoras. Pasaban de cincuenta los comensales del otro sexo, rigorosamente vestidos de sociedad, lo mismo que los criados que les servían los manjares y los vinos, y figuraban entre los primeros las tres cuartas partes de los ministros, incluso el presidente; los de ambos «cuerpos colegisladores»; varios diputados de empuje, con grupito; la flor y nata de los ancianos del senado; el Capitán general y el Gobernador civil de Madrid..., y así sucesivamente; porque una cosa es que todos estos y otros personajes estimaran al anfitrión en lo que verdaderamente valía, y otra muy diferente los rumbosos festivales que sabía disponer en su casa para prestigio de ella y regalo de sus amigos. Como de los más estimados, inútil es advertir que no se quedaron sin cubierto aquella noche ni Pepe Guzmán ni el banquero don Mauricio.

Al tratar la prensa periódica al día siguiente de este suceso, grandes cosas dijo de la magnificencia del cuadro, tal como aparecía en conjunto a la vista del recién llegado observador, y grandes despilfarros de incienso dedicó al buen gusto y a la riqueza de la ilustre familia; pero preciso es confesar que por aquella vez, si los «órganos de la opinión pública» pecaron de entrometidos y de aduladores, en manera alguna de inexactos, como no fuera por quedarse cortos en sus reseñas y ponderaciones. Fue aquel, en efecto, un alarde felicísimo de saber hacer esas cosas por todo lo alto. Era el comedor lo que se llama «un ascua de oro»; expresiva metáfora en que cabe cuanto el lector pueda imaginarse en profusión de luces sobre lámparas y candelabros de ricos y variados metales, vajillas estupendas, cristalería de inverosímil nitidez y ligereza, vasos de porcelanas valiosísimas cargados de raras flores; en fin, lo mejor entre lo más caro del profuso acopio de que se dio cuenta en otro lugar de este relato, y lo adquirido después a peso de oro, destacándose sobre fondos obscuros, salpicados de brillantes toques metálicos, e interrumpidos en cada puerta por los desmayados paños de las pesadas y ricas colgaduras.

Bien poseído estaba el marqués de la suntuosidad del aparato escénico, así como de la intachable corrección con que iban sirviéndose a sus comensales los prodigios de su cocinero y los tesoros de su bodega; y por estarlo tanto, andaba más atento a inquirir si ese mismo sentimiento se traslucía en los gestos de sus comensales o en las palabras sueltas del incesante rumor que henchía la estancia, que a responder atinadamente a las frases con que algún colateral, creyendo acertar mejor así, intentaba llevar su atención al asunto ocasional del banquete.

Desde muy temprano había sentido él síntomas premonitorios de estas emociones. Inusitadas desconfianzas en su servidumbre, recelos injustificables hasta de la habilidad de su envidiado cocinero, le traían sin punto de reposo de un lado para otro y de acá para allá; mortificaba a su familia con consultas impertinentes y con advertencias pueriles, y aturdía a su ayuda de cámara pidiéndole prendas de vestir que tenía a la vista o entre las manos. Jamás había incurrido en estas vulgaridades de tendero rico el señor marqués, ni su familia le había visto tan polilla ni tan desmañado. A ratos se encerraba en su despacho y ensayaba a toda voz desde el sillón de su mesa, con la salvadera en la mano, los párrafos culminantes de su discurso. Le salía tal cual; pero le costaba mucho trabajo estamparle bien en la memoria. A la hora de vestirse, la emoción crecía, la memoria se le embrollaba más, y los nervios, vibrantes y desconcertados, no le permitían ejecutar obra alguna con acierto, ni cortar lo más sencillo por donde señalaba. Pero ¿qué había de sucederle con el trajín de tantas horas y las preocupaciones de tantos días, que le habían puesto la cabeza como una zambomba en ejercicio?

¡Cosa rara!: fueron menores sus desconciertos y más llevaderas sus impresiones, en las proximidades del momento crítico, del instante que más le deslumbraba a él cuando le consideraba desde lejos; y en cuanto se sentó a la mesa del festín, era ya dueño absoluto de sus nervios, de su memoria y de toda su ordinaria y olímpica serenidad. Algo de esto pasa con todo linaje de peligros: parecen más imponentes cuando se piensa en ellos, que cuando se arrostran. El hecho es que el señor marqués, aunque muy débil de fuerzas físicas, entró en la batalla con ánimo sereno y marcial talante.

Ya hemos visto cómo se iba portando en ella. Pero faltaba el lance, el episodio decisivo. También llegó, al sonar el primer taponazo del Champagne. El presidente del Consejo de ministros, que ocupaba el asiento frontero al del anfitrión, se puso de pie y con una copa en la diestra, rebosando de espuma. Comenzaban los brindis.

Aquí fue donde la naturaleza deleznable del marqués sintió ciertas sacudidas eléctricas que le produjeron inevitables alucinaciones y desfallecimientos. Eran de esperarse. ¿Qué cosas le diría aquel «prócer, gigante de la palabra y de la política?» No fueron grandes ni muchas, ciertamente: cuatro frases de cajón enderezadas a ensalzar los merecimientos (que no enumeré) del ilustre anfitrión, para el cargo con que el Gobierno, por un acto de estricta justicia, le había recompensado; otras tantas de felicitación al Gobierno mismo por este rasgo de cordura y de integridad de principios y una ligera alusión a la robusta vitalidad del Gabinete, indignamente presidido por el preopinante, merced a «su política salvadora» y, «ante todo y sobre todo, a la ilimitada confianza con que correspondía a sus sacrificios y desvelos la Corona».

Sin cesar la indispensable salva de aplausos, se alzó el ministro de la Gobernación. Dijo casi lo mismo que su presidente, pero con más sal y pimienta. De ésta dedicó la mayor parte a las impaciencias del partido que se juzgaba heredero inmediato del Poder. Era harto incisivo y mordaz Su Excelencia; y por eso sus flagelantes alusiones al enemigo mortal fueron recibidas con coros de carcajadas y con tempestades de aplausos.

Creyó el Capitán general que era él a quien le tocaba remachar el clavo con que el ministro de la Gobernación había fijado en la picota de sus ironías al insidioso partido «que no reparaba en medios para lograr sus impopulares fines», y se levantó casi airado, y, sin casi, marcial y decidido, a declarar (olvidándose completamente del motivo fundamental del banquete y de la presencia del rumboso obsequiante) que, mientras a su autoridad estuviera encomendada la conservación del orden público en su distrito, ¡ay del insensato que alzara en él siquiera un dedo para alterarle! ¡Ay del temerario que se echara a la calle «con bastardos planes» y los manifestara con una sola palabra, con un gesto siquiera!

Lo cual obligó al ministro de la Guerra después de consagrar cuatro piropos de cortesía al estupefacto anfitrión, a «fijar el alcance de las patrióticas declaraciones, del Capitán general, añadiendo, por su parte, que con un ejército tan leal y disciplinado como el invencible ejército español, particularmente desde que estaba bajo su cuidado y vigilancia, nada tenían que temer los poderes públicos, aun cuando hubiera partidos (que no los había dentro de la legalidad) «capaces de pensar en locas aventuras».

Pero estaba allí el general Ponce de Lerma, conde de Peñas Pardas, y no podía dejar sin réplica las declaraciones del ministro, aunque con las salvedades a que le obligaban el motivo y la ocasión del acto de Su Excelencia. Bien estaba el intento de mantener el orden a todo trance, y mucho mejor la confianza manifestada en la lealtad «jamás desmentida» del ejército, base y garantía de la paz y del sosiego públicos, no obstante el eterno trabajo empleado para corromperle por los que intentan hacer de él instrumento de sus «bastardas y descomedidas ambiciones»; pero había que tener en cuenta, ¡muy en cuenta!, que, en determinadas ocasiones, un celo excesivo, imprudente, sólo conducía a exacerbar las impaciencias y a despertar propósitos aún dormidos. En fin, que no bastaban las buenas intenciones si no iban acompañadas de una gran prudencia, de un juicio bien reposado y, sobre todo, de la más completa idoneidad para el alto cargo que se desempeñaba. En cuanto a que el ejército nunca hubiera estado mejor organizado ni regido que en aquella ocasión, «lo negaba en absoluto»...

Aquí terció el presidente del Consejo para encauzar, con el prestigio de su investidura y la habilidad de su palabra experta, el asunto de las peroraciones, algo desbordado por los irreflexivos entusiasmos de los unos y por los descomedimientos apuntados, síntomas de otros más graves, del implacable enemigo de todos los ministros de la Guerra. Lo que allí se dijera había de trascender muy lejos, que para eso había periodistas a la mesa; y era de necesidad, por tanto, que las palabras salieran pesadas y medidas de la boca de los oradores.

Pero aunque la intervención del presidente fue cortés y comedida, el general no quiso añadir una frase más, en bien ni en mal, a las que había pronunciado, y se sentó de pronto con los bigotes erizados y enseñando los dientes, como un mastín después de haber llevado una paliza.

Borraron la impresión de este incidente los atildados e insubstanciales brindis que le siguieron de los presidentes de ambas Cámaras. Los dos graves señores, ajustándose estrictamente al carácter y al motivo palmario de la fiesta, consagraron lo principal de sus discursos a mayor honra y gloria del festejante, y lo accesorio, vago e incoloro, a la política. Esto acabó de fijar el camino indicado por el presidente del Consejo para los discursos de los comensales.

Siguiéronle rigurosamente los pocos estómagos agradecidos que hablaron después, hombres de corta talla política y de escasa significación literaria; y ya se daba por terminada la serie, preparándose griegos y troyanos a escuchar con la boca abierta la última, la más solemne de las palabras, la que estaba obligado y dispuesto a pronunciar el héroe de la fiesta, en cuyo aspecto se reflejaban harto claramente las hondas impresiones que le combatían el espíritu en aquel trance de prueba, cuando se levantó don Mauricio Ibáñez. Llevaba su correspondiente bomba bien cargada, y estaba decidido a lanzarla en medio del concurso, con el mismo derecho que el más obligado de los concurrentes: que fuera la última de todas, corriente, y ya eso se lo había aconsejado su modestia; pero dejar de lanzarla, ¿qué se diría de él? Representaba allí el dinero, es decir, la fuerza de las fuerzas y la energía de «las energías del país», y su voz, expresión sincera de su adhesión incondicional al Gobierno, y de su amistad intensísima e imperecedera a la familia del «prócer generoso» que le escuchaba, debía resonar también en aquellos ámbitos. Así lo pensaba el banquero, aunque lo dijo de otro modo con una copa en la diestra, y la zurda en la patilla de este lado. Estuvo menos infeliz que de costumbre en el «meerooodeo» de recursos oratorios para llenar su cometido. Sólo dos veces sacó a plaza a los meeroodeadoores, y no llegaron a tres las en que necesitó agarrarse a su muletilla para terminar un período. En el sahumerio a «la familia del prócer», se elevó hasta lo épico; tanto, que no acertaba a bajarse. Pero bajó, aunque maltrecho y desvanecido; y sentose, con aplauso de todos los circunstantes.

Y llegó el instante que esperaba el marqués, buen rato hacía, con nerviosa ansiedad. Notaba sin extrañeza el pobre hombre que se le reproducían los fenómenos internos que había sentido por la mañana, con el concurso de otros que le eran enteramente desconocidos; y digo sin extrañeza, porque todo aquel revoltijo de sensaciones y de desconciertos le parecía poco, como obra de la extraordinaria situación en que se hallaba colocado. Contaba con algo por el estilo al disponer el programa del festín, y aun en los comienzos de éste anduvieron bastante ajustados a la palpable realidad sus cálculos de tantos días; pero el vuelo inesperado que tomaron las peroraciones de tantos y tan ilustres comensales; aquel mezclarse los panegíricos de sus virtudes cívicas y políticas, de sus altísimos merecimientos personales, con las cuestiones más candentes de la actual gobernación del Estado, en boca de los hombres que tenían en sus manos los destinos de la patria; aquel cielo de esplendores y de gloria; aquella radiante apoteosis a que se le elevaba de pronto y por tales gentes; todo aquello, que levantaba cien codos por encima de sus cálculos, aunque no de sus «nobles ambiciones», era más que suficiente para dar al traste con la serenidad de un estoico, cuanto más con la de un hombre como él, tan trabajado por «los acontecimientos» y hasta por los achaques y los años. Pero en una naturaleza como la suya, estas impresiones, estos desconciertos, no acusaban un estado patológico de los que minan y destruyen, sino un aspecto del espíritu, de los que nutren y vivifican.

Así discurría el «honorable marqués», en el momento de levantarse para «ejecutar el acto», que le estaba encomendado, no sólo por su propia iniciativa, sino por la situación en que le habían puesto los discursos de los demás; y sino así precisamente, porque le bullían las ideas en el cerebro con marcada incoherencia, con la intención de discurrir de la misma manera, cuando menos. Notó al incorporarse que le flaqueaban las piernas y que su mano torpe sostenía mal la copa que maquinalmente había empuñado; lo cual no era de extrañar tampoco, porque, con el calor de la sala, sentía la cabeza atolondrada y el pecho muy oprimido. Rehízose en virtud de un gran esfuerzo de la voluntad, y logró colocarse en actitud conveniente, y hasta dar a su persona el aire ceremonioso y teatral que le era propio en idénticas situaciones; pero al decir la primera palabra, notó con espanto que se le había olvidado por entero su discurso, lo mismo que si se le hubieran borrado con una esponja en la memoria. ¡Cosa más rara aún!: no encontró estampado en ella más recuerdo que el de la huida del banquero de Interlacken, con la rubia que le seguía de cerca; y de ese asunto iba a hablar, y de él hubiera hablado inmediatamente, por una perversión instantánea de su juicio, como si esa fuera la única idea que quedara en el mundo y para ventilarla se hubiera congregado tanta gente en su casa, a no hallar en la lengua insuperables dificultades de expresión.

Esta novedad le causó tal alarma, que produjo en todo su organismo un gran sacudimiento, despertósele con él, por un instante, la inteligencia; vio a su luz la extensión y gravedad del apuro, y crecieron con ello sus congojas. Observó que aumentaba la angustia de su pecho, como si se le oprimieran verdugos con ligaduras de acero; que «allá dentro» se formaba algo, como burbuja enorme, que se transformaba en oleada de sudor frío, que intentaba subir, y subía; y pasar por el istmo de la garganta, forcejeando allí para conseguirlo, porque no cabía…, y pasaba también, pero sin cesar de pasar; que subía otro tramo, y al llegar a los oídos silbaba y hervía y aporreaba; y que subiendo, subiendo, se precipitaba con el estruendo y la fuerza de un desbordado torrente, en las profundidades del cráneo…

Entonces, los que contemplaban al marqués, esperando sus primeras palabras, viéronle inclinar la cabeza hacia atrás, soltar la copa que empuñaba su mano trémula, y, exhalando un alarido salvaje, desplomarse en el suelo, sobre el cual rebotó su colodrillo pelado y reluciente, sin que nadie hubiera podido recibirle entre sus brazos, porque entre los primeros síntomas del acceso, tan fáciles de confundir con los de una grande emoción, y la caída, no transcurrió mucho más tiempo que el que transcurre entre el fulgor que deslumbra desde el seno de la nube, y el rayo que mata.

XIV

Si el marqués pudo darse cuenta de que se moría cuando se estaba muriendo de veras, y si, penetrado de esta idea, se conceptuaba relativamente dichoso, porque le sorprendía la muerte en la más alta y esplendorosa ocasión de todas las ocasiones de su larga y aprovechada vida (muerte de guerrero ilustre, sobre el campo de batalla y bajo una balumba de gloriosos laureles), cosas son muy difíciles de averiguar; pero que si, después de muerto, se le hubiera permitido recobrar la vida para contemplar la despedida que le hicieron sus deudos y amigos, otra explosión de su vanidad hubiera vuelto a quitársela de repente, desde luego puede afirmarse, conociendo, como conocimos nosotros, aquella naturaleza que se nutría de oropeles y se emborrachaba con relumbrones. ¡Tales y tantos fueron los que se consagraron a honrar su memoria entre los vivos!

No cupo mayor pompa en el escenario en que se representan esas farsas en honor de las notabilidades de alquimia, y todo se hizo ajustado al más solemne y ostentoso ceremonial: la exposición del cadáver en la capilla ardiente, entre largos blandones y negras colgaduras de tosca bayeta; el triste clamóreo de la prensa periódica rindiendo «el último tributo de justicia al prócer insigne, al varón íntegro, al padre amoroso, al ciudadano ejemplar, al celoso representante de la patria, al protector generoso de las artes y de las letras, al orador de honrada palabra», etc., etc., y haciendo la pintura de su muerte inesperada, con descripciones minuciosas de lugares y accesorios, y con glosas y comentarios de los elogios que momentos antes del triste suceso habían dedicado al aún vivo personaje los hombres más «conspicuos» de la política, de las armas, de las letras y de la banca; el simbólico catafalco, cargado de emblemas y atributos, tocando casi en las bóvedas del templo, entre una hoguera de luces sobre ricos y enormes candelabros; las naves atestadas de «mundo»: allí los vistosos uniformes de las más altas jerarquías políticas y militares; allí la severa etiqueta civil, las gentes de la aristocracia y de los «salones elegantes», y allí, en fin, en apretados grupos, las matronas del «gran mundo» ricamente ataviadas de negro, con la mirada repartida entre el devocionario y la concurrencia, agitando maquinalmente los abanicos mientras, desde el coro, llenaba de resonantes armonías los ámbitos de la iglesia, la mejor capilla de Madrid.

El entierro no había sido menos ostentoso. Detrás del carro fúnebre, teatral y ridículo artefacto, también el duelo, a pie, salpicado de grandes uniformes; después, la interminable fila de carruajes, con casi otras tantas libreas diferentes, desde las de los «cuerpos colegisladores», hasta la de don Mauricio el Solemne; y, por último, a uno y otro lado de la fila, otras filas más espesas y compactas de curiosos desocupados, y en todos los balcones de la carrera más espectadores y espectadoras en apiñados racimos.

En el Senado, la obligada declaración de «profundó sentimiento», tras un pomposo elogio de los méritos y virtudes del difunto, hecho por el presidente. En el Congreso de Diputados, poco menos; y tomando motivo de estos actos, nuevos ditirambos de la prensa periódica al «llorado prócer». Por último, su retrato en la primera plana de La

Ilustración, con la correspondiente biografía un poco más adentro... y una elegía elegantemente triste del poeta Aljófar.

Tenía razón el buen marqués, creyendo que «a los hombres públicos los forman las circunstancias, el hado, un momento de la vida». Lo malo para él fue que ese momento no le llegó hasta la hora de su muerte. Pero del mal el menos: sí vivió sin levantar un punto sobre la talla de los hombres vulgares, por morir a tiempo logró asociar a las vanidades de su familia el esfuerzo de la cosa pública, para merecer los honores póstumos tributados a los grandes hombres.

Por eso dije al principio que si el marqués hubiera resucitado para ver esto, hubiera vuelto a morirse de una explosión de vanidad satisfecha; y añado ahora, que sin que alcanzara a evitarlo la reflexión (si por ventura se la hacía, aunque bien a la vista estaba el hecho) de que entre las grandes conquistas de su muerte no había una sola lágrima con que humedecer la efímera hojarasca de su tumba.

No hay para qué hablar del fúnebre aparato escénico a que obligaba, de puertas adentro, la mal fingida pesadumbre de la familia. Lo que importa para nuestro sencillo relato es saber que el ajetreo, más que la pena, agravó por unos días la enfermedad de la marquesa, y que, pasado el novenario y vuelta la vida a regularizarse, aunque dentro del nuevo orden de cosas, los tertulianos de confianza quedaron reducidos, en número, a los más íntimos de entre los íntimos, por expreso deseo de la viuda, que debía quitar toda ocasión de profanar la santidad de sus tristezas con recreos demasiado alegres... mientras no los autorizara la costumbre; pero que, entre tanto, no quería verse sola.

Entre los electos quedaron todos nuestros conocidos de la antigua tertulia. En las primeras noches no se trataron en la reducidísima asamblea congregada en el gabinete de la dolorida viuda, otros asuntos que los que tuvieran alguna relación, por remota que fuese, con «el inolvidable suceso»; verbigracia, su resonancia en la opinión pública; este dicho o el otro comentario, en son de alabanza, por supuesto; los funerales, el entierro, la estadística de los concurrentes, de los carruajes y de las libreas; los pésames oficiales recibidos... ¡hasta de Palacio!, los telegramas, las cartas, las tarjetas, los recados; cuántos y cuántas, de quiénes y de dónde; las visitas, en cuerpo y alma, de este Grande y de aquel senador, del ministro X y del general Z, de la duquesa H y de la princesa J..., y así hasta el infinito; pues como «todo Madrid» anduvo metido en el ajo, según resultó de la cuenta, ya hubo paño en que cortar para entretenimiento de la viuda y no desagrado de la hija; en modo alguno por honrar más la memoria del muerto, que les tenía sin cuidado, sino porque con todo ello se halagaba la vanidad de su familia, en lo cual estaban perfectamente acordes ésta y los tertulianos, aunque no lo declaraban por derecho.

Cuando se agotaron estos temas por cansancio, y porque se agotaron también muy pronto afuera y adentro los motivos que les daban color de actualidad, es decir, cuando la persona y la muerte y los pomposos funerales del marqués se borraron, para siempre, de la memoria de los vivos, la tertulia fue invadiendo poco a poco el terreno mundano; y saqueando en él una noticia ahora y un escandalillo después, repartíase todo como pan bendito entre los tertulianos, que hincaban los dientes en la respectiva tajada, con el aguzado apetito de quien no le ha satisfecho en quince días. La primera vez que se habló allí de impresiones y aventuras del reciente veraneo, tuvo Verónica la curiosidad de preguntar en crudo al banquero que cómo le habían sentado las aguas de Interlacken para su dolencia, «cogida de repente en lo alto de la calle de Alcalá». El hombre se puso verde y amarillo con la pregunta; y ya se tiraba de la patilla para sacar la respuesta, cuando Leticia acabó de atolondrarle afirmando muy seria que los aires de Spá le habían sentado mucho mejor que aquellas aguas.

Oír el general Ponce nombrar a Spá y no traer a cuento el desafío del subsecretario con el príncipe ruso, era cosa imposible. Como que ese y el de Peñas Pardas eran los únicos encuentros en que se había hallado en toda su vida. Describió el lance con gran lujo de pormenores; y júzguese de la impresión que causarla en la tertulia el relato de un suceso que era popularísimo en Madrid, con todos sus precedentes y motivos. Leticia aguantó el golpe con la serenidad de una estatua de piedra, con gran asombro del banquero, que se gozaba en el castigo que hallaba su injustificada mordacidad con él, en la imprudente alusión de su propio marido.

En cuanto a Verónica, ofendido y todo por ella don Mauricio, no pudo éste menos de admirar la destreza con que estuvo al quite de aquella feroz embestida del general, y sacó del angustioso apuro a su mujer, llevando la conversación a otro terreno. En el cual se mencionaron los sesenta mil duros perdidos en Baden-Baden por Gonzalo Quiroga, y los triunfos de Sagrario en las mismas aguas, y se discurrió largamente sobre lo que acontecería después al elegante matrimonio, cuyo paradero se ignoraba a la sazón, aunque se sabía que había estado también en Constantinopla por exigencia terminante de Sagrario.

De este aire y de este corte fueron los asuntos que ocuparon a los contadísimos tertulianos de la marquesa durante muchas noches; y como éstos eran pocos y rara vez asistían juntos, porque había que atender a todo, y los modos de entretenerse allí tan limitados, el tedio llegó a invadirlos y tuvo la marquesa que templar un tantico la rigidez de su programa fúnebre, echando otra leva entre sus íntimos y tolerando en casa ciertos recreos de poca baraúnda.

En esto del tedio, hay algo que advertir por lo que toca al banquero, por de pronto. No se divertía don Mauricio gran cosa que digamos; pero de aquella misma insubstancialidad de conversaciones, de aquella pequeñez de concurrencia, sacaba él atrevimientos y familiaridades de que estaba muy necesitado para contrarrestar los invencibles titubeos de su naturaleza. El haber sido testigo presencial de la muerte del marqués, y hasta «la casualidad» de haberle «precedido», inmediatamente «en el uso de la palabra», le proporcionaron motivos para entretener largamente a aquellas señoras con minuciosos pormenores sobre el lamentable acontecimiento, cuando no se hablaba en la casa de otro asunto. Esto solo le envalentonó mucho y le despejó el camino por donde fue aproximándose poco a poco al trato casi familiar con la viuda y con su hija. Pensaba que tenía una gran «misión de consuelo» y hasta de amparo que cumplir allí, desde que vio el buen éxito de sus fúnebres narraciones, y ya se movía con desembarazo delante de Verónica, hablaba con ella sin que se le atravesaran las palabras en el gaznate, y dedicaba largos ratos a conversar con la marquesa en voz baja y, al parecer, en la mayor intimidad. Por este lado, pues, el banquero no tenía motivos para lamentarse de la insipidez de la tertulia.

Harto más arraigado estaba e invencible parecía el tedio de Verónica. Desde la muerte de su padre, o mejor dicho, desde que pasaron con los primeros días siguientes a ella los estrépitos del ceremonial del duelo y los trámites minuciosos de la preparación de los lutos, que le tuvieron cautiva la atención, había vuelto a caer en aquellas tristezas que le asaltaron de pronto al volver de su viaje de verano. Las causas, según su propio discurso, eran las mismas de entonces, en lo fundamental del fenómeno; pero, según mi desapasionado entender y con los autos a la vista, puede haber un error muy considerable en aquel diagnóstico, por lo que toca a las fuentes mediatas de la enfermedad. En la primera invasión de ella declaraba la enferma que podía haber contribuido mucho a su alivio la presencia del único hombre de fuste y de consejo que conocía entre los amigos de su casa. En la recaída tiene a este hombre a su lado, que se afana por entretenerla, que la aconseja bien y lleva sus miramientos y delicadezas al extremo de olvidar, o de aparentar que olvida, que hay entre ambos un duelo galante convenido y aun comenzado. Nunca la conversación de Guzmán ha sido tan varia, ni se le ha visto tan decidido a utilizar las provisiones de su memoria de artista y los recursos de su juicio de filósofo práctico, para que no decaiga el interés de sus relatos y comentos... Porque es indudable que Pepe Guzmán está convencido, o parece estarlo, de que las preocupaciones y tristezas de Verónica tienen el arraigo en el pasado suceso, en el temor de otro semejante y en algo que se relaciona inmediatamente con todo esto, que es lo mismo que la propia enferma acepta como fundamento y origen de su enfermedad; y sin embargo, y mientras él la habla y en tanto discurre por aquellas alturas, ella, con una impaciencia y un disgusto que disfraza con síntomas de su desconcierto nervioso, va pasando: «¡no es eso!..., ¡no es eso!» Y cuando él se despide, muy ufano, ella se queda más contrariada; no porque vuelve a verse sola, sino porque tampoco entonces se la ha hablado de algo de que debiera hablársela; «porque Pepe Guzmán tiene que convencerse de que en la situación de ánimo en que ella se encuentra, no pueden interesarla relaciones de casos extraños, por bien hechas que estén». Y Pepe Guzmán suele responder a estas anhelaciones faltando dos y tres noches seguidas a la tertulia.

Con lo cual se exacerban los males de Verónica, que tienen su asiento en la desarreglada máquina nerviosa, y recuerda, es decir, vuelve a pensar que hay entre ambos un grave asunto pendiente, del que parece haberse olvidado él, o lo que es peor, que trata de olvidarse; y entonces juzga que su conducta es muy poco galante, quizás desleal, si bien se mira. Hay en el caso hasta señales de menosprecio y desdén hacia ella, y esto, esto solo, es lo que la desazona, en el estado de irritabilidad en que se halla por un capricho de su naturaleza. Que se reanude el litigio, que se ventile entre los dos, o que no se ventile por completo; pero que se ponga en tramitación de nuevo, y eso esparcirá muchos de sus nublados y dará alguna entonación al cordaje destemplado de su máquina... Todo eso la debe el desertor, hasta por obra de misericordia. ¿Llegará a pagárselo? Y si no se lo paga por buenas, ¿debe reclamárselo ella... de cierto modo? ¿Autoriza esta conducta la importancia de lo tramitado hasta allí? Y en caso negativo, ¿no se encuentra ella en condiciones excepcionales que justificarían eso y mucho más?... Se miraba al espejo, y veía las huellas de sus extrañas melancolías en la palidez de su rostro, destacándose con doblada intensidad sobre el fondo negro mate de su luto rigoroso; y como nadie la oía, se confesaba a sí propia que valía más así, con su palidez interesante, sin haber perdido la corrección y turgencia de sus formas, que con la peste de salud y bienestar que se reflejaba antes en su cara. Esto no podía desconocerlo Pepe Guzmán, que era hombre de buen gusto. Además, a una mujer agobiada, como ella, por las tristezas, le era sumamente fácil ir eslabonando, en la larga cadena de sus preocupaciones, esbozados sentimientos de todas castas; apuntar insinuaciones, conmover hasta con el acento y la actitud... Pero ¿no resultaría esto ridículamente sentimental, impropio de una mujer de su carácter y de sus precedentes, y no produciría, por tanto, el efecto contrario al que se buscaba? ¡Tendría que ver un resultado así! ¡Cabalmente era Pepe Guzmán el hombre cortado para tomar en serio esas farsas de los galanteos románticos del año treinta y siete!

Pero algo había que hacer, si el otro no lo hacía espontáneamente; porque aquello no podía quedar así, en la situación de ánimo en que ella se encontraba. Antes lo necesitaba para satisfacción de su femenil curiosidad; entonces le era indispensable para curarse de aquella inquietud nerviosa que no admitía otra medicina y era un simple fenómeno de su ridícula enfermedad.

Tales son los hechos que arrojan los autos, en virtud de los cuales bien cabe deducir, como antes afirmé, sin gran temor de equivocarse, que se pudo engañar la enferma en el diagnóstico de su recaída, hasta el punto de ver las cosas enteramente al revés de como pasaban.

Y continúo ahora diciendo que Pepe Guzmán volvía a la tertulia tan fino, tan cortés, tan elegante y tan buen mozo como siempre; tan atento, deferente y cariñoso con Verónica; pero que del litigio pendiente con ella, ni una palabra; y que Verónica, en quien se aumentaban las impaciencias con las dificultades, llena de heroicos propósitos de tirarle de la lengua cuanto más él la escondía, nunca hallaba ocasión de practicarlos, por sus invencibles temores a salirse de la raya.

Así fueron corriendo los días y las semanas y aun los meses; llegó a ajustarse la tertulia, aunque siempre de confianza, a otro ceremonial menos insípido, y casi bastó para ello la vuelta de Sagrario, que traía impresiones que relatar, hasta de entrevistas con el Gran Turco, mientras su marido, más gangoso que nunca, y alicorto y desvaído, como gallo desplumado, apenas daba señales de lo poco que antes fue, para sacar algunas veces de sus centros al solemne don Mauricio, que no se desconcertaba allí tan fácilmente como solía; jugaban ya las cotorronas al tresillo, y, con excepción de la música y del baile, se hacía allí a todo lo del año pasado entre los íntimos, siendo la enfermedad gravísima de la marquesa obstáculo que no estorbaba para nada, porque, de puro sabido, nadie reparaba en él.

Una noche, conversando Pepe Guzmán con su amiga, y cuando ya ésta comenzaba a curarse de sus impaciencias mortificantes con la cuerda reflexión de que no hay tesoro que merezca este nombre si cuesta adquirirle más de lo que vale, con la serenidad y el aplomo de quien cumple así lo establecido en un programa, hizo él malicioso y experto galán punto redondo en los temas vagos que hasta allí le habían servido desde algunos meses antes para entretener las displicencias de Verónica, y la condujo de repente al terreno que tanto ambicionaba ella; quiero decir, volviendo al símil tan repetido, que la retó de nuevo y que hasta se puso en guardia.

La retada sintió entonces una fuerte sacudida en lo más hondo y sensible de su pecho, y algo como reacción de todo su organismo físico y moral; chispeáronle los ojos, asomó la sonrisa a sus labios, y con la decisión de un valiente avezado a jugarse la vida en esos lances, aceptó el reto sin excusa y ocupó su terreno sin tardanza. Llegaron a cruzarse los aceros; pero en el instante en que parecía que iba a empeñarse la lucha con todo encarnizamiento, suspendió Pepe Guzmán sus acometidas, miró el reló, tendió la diestra a Verónica, puesto en actitud de marcharse, y la dijo con singular expresión de acento y de mirada:

--Tenemos que hablar de estas cosas muy despacio. Hasta mañana.

Y se marchó, tan fino, tan elegante y tan «correcto» como había entrado.

XV

En aquella memorable noche, ¡con qué lentitud corrieron para mí las primeras horas de ella! Desde la muerte de mi padre me acompañaban a la mesa dos solteronas, primas de él, y no muy sobradas de recursos, aunque sí de bambolla: los parientes más cercanos que me quedaban por la rama paterna, pues por la materna los había tan próximos y más abundantes, según mis noticias, aunque yo no los conocí jamás, porque, también según informes oficiosos, hubo invencible empeño en ello de parte de quien tenía el deber de empeñarse en lo contrario. Pues comiendo conmigo aquella noche las dos parientas mencionadas, estuve a pique de cometer con ellas los mayores desatinos. Me sabía de memoria su fealdad, sus presunciones y bambollas, su incurable fisgoneo, y estaba bien avezada a sus bachilleradas y pegoterías, sin que nada de ello influyera desfavorablemente en el sentimiento, de compasión más que de otra cosa, que las pobres señoras me inspiraban; pero en aquella ocasión me pareció, su fealdad insoportable, me repugnaba el buen apetito con que comían, y me causaban escalofríos y convulsiones su voz, sus palabras y sus ademanes. Sin poderlo evitar, las remedaba con mis gestos; y para contradecirlas, que era en todo cuanto hablaban, remedaba también sus voces con la mía. Las hubiera tirado con los platos de muy buena gana, y no me diera por satisfecha sin arrojarlas a escobazos del comedor.

»¡Y todo ello porque comían muy despacio, y hablaban mientras comían y mientras descansaban entre servicio y servicio, creyendo las pobrecillas que cuanto más hablaran y más comieran, mejor se acomodaban a mis deseos; y a mí se me figuraba que por comer y por hablar ellas tanto, no corrían las horas lo que debían correr, y correrían indudablemente en cuanto cesaran aquella masticación inacabable y aquella charla insufrible!

»Consigno estas puerilidades para dar una idea de la tensión en que se hallaba «mi curiosidad» desde que Pepe Guzmán, dejándome la noche antes a media miel, se había despedido de mí «hasta mañana» para «hablar muy despacio de esas cosas» ¡Y qué natural y sin trastienda me parecía a mí aquel ansia por ver en qué paraba la porfía galante que yo tenía empeñada (y era la primera en toda mi vida) con el hombre de más prestigio entre las damas de aquel tiempo!

»Terminó la comida en menos de tres cuartos de hora, aunque yo hubiera jurado cosa bien diferente, y continuó la noche, a pesar de ello, andando, para mí, a paso de carreta.

Encerreme en el tocador, por segunda vez en pocas horas, y pasé largo tiempo (que de esto sólo hubiera jurado yo que se trataba) consultando con el espejo las innumerables combinaciones de toilette que se me ocurrían con los escasos elementos que me prestaba el luto, algo aliviado, que aún vestía. ¡Cosa más singular! Cuanto más combinaciones inventaba, más semejanzas iba hallando con las cataduras de mis tías. Concluí por reírme de mis alucinaciones estrambóticas; salí del tocador, y ayudé, sin ser hora todavía para ello, a arrastrar a mi madre en su sillón hasta el saloncillo en que recibíamos las visitas.

»Al fin, comenzaron allegar algunas de ellas: las viejas del tresillo; después, los hombres que les hacían la partida; luego, la condesa viuda de Picos Pardos, mi madrina, ¡gran charlatana!; en seguida, Aljófar, «nuestro poeta», que ya nos tenía ensordecidos de oírle plañir elegías a la muerte de mi padre, y cansados de atacarle el estómago de pastas y amontillado; Leticia, con su marido... y el subsecretario de Gobernación; Luzán de los Airones, caballero de la más preclara nobleza, pero simple de remache; Sagrario, con un hermoso turco recién llegado a la Legación de Constantinopla, al cual se permitió presentarnos, contraviniendo a las órdenes de mi madre, con la disculpa de que aquella noche no era de tertulia casera, sino una de las tres semanales en que se recibía, «con más o menos descaro»; tras esta pareja, otras gentes más o menos simpáticas... En fin, todos menos él..., ¡hasta don Mauricio Ibáñez, con una cantera de pedrería sobre su cuerpo, reluciente, bruñido, acicalado e insinuante, como nunca le había visto yo! De puro cumplido, le faltó muy poco para besar la mano a mi madre, como los paladines de teatro. Conmigo fue un caramelo tierno.

»Mientras la tertulia se rebullía sin orden ni concierto, yo andaba de acá para allá, poco dispuesta a entretenerme con frivolidades de corrillo o cumplimientos resobados. En una de estas evoluciones de zigzag, introdújeme en el gabinete frontero, abierto de par en par, y púseme a desarreglar cachivaches y muñecos que estaban bien colocados. En esta ocupación me entretenía, cuando se me aproximó el banquero ofreciéndome su ayuda. Le di las gracias con la menor sequedad que pude, y me pidió la merced de un cuarto de hora para escucharle lo que tenía que decirme. Me hizo estremecer la súplica. Yo debía barruntar algo por el estilo en cuanto vi llegar al hombre a la tertulia tan cargado de joyas y de alientos; pero no lo barrunté. El asalto ocurrió junto a la chimenea del gabinete; es decir, a la vista de la mayor parte de los tertulianos, y frente a frente del sillón de mi madre.

»--Pues hable usted--le dije, apoyándome en el borde de la meseta de la chimenea para quitarle a él hasta la tentación de sentarse.

»Y «rompió a hablar» el hombre, a su manera, entre bascas y trasudores, gemidos y apoyaturas; y habló así (a medir el tiempo con mis impaciencias, más de dos horas), según el reló inmediato, los diez minutos bien corridos de su instancia. Sin embargo, todo lo que dijo no fue más que el prólogo de lo que pensaba decirme. Y de lo dicho deduje que tenía un caudal «atroz», y una suerte báaarbara para los negocios, por lo cual esperaba acrecentar sus caudales hasta lo absuuurdo; que no era el mismo hombre «tope a toope» con una dama como yo, que «cara a caara» con el ministro de Hacienda «para plantear un asunto de sus especulaciones... y tal y demás», y hacerse plaza y lugar entre los más respetados en aquellas regiones y las circunvecinas, porque no todas las gentes servían para todo; que si le faltaban prendas para brillar entre las damas tanto como campaba en el «mundo financiero», no era esa una razón para que él renunciase al propósito, bien honrado, de que lucieran en gloria y bienestar de una mujer de su agrado, «de estas prendas y las otras... y tal y demás», los esplendores de sus caudales; y que si no, ¿para qué los quería? Porque él podía ser ambicioso, pero no tanto como hombre de sano corazón y de nobles miras.

»Todo esto le comprendí; todo esto deduje de sus intrincados períodos, y todo ello me dio bien claro a entender a dónde pensaba ir a parar por aquel camino. ¡Eso sólo me faltaba! ¡Y en qué ocasión venía! ¡Estar soñando con néctar de los dioses, y despertar con aquella melaza entre los labios!

»Yo no sabía qué hacer ni qué decir. Le felicité por sus caudales y por sus honrados pensamientos, y traté de que no pasara de allí el asunto, aparentando creer que aquello era todo lo que el banquero tenía que decirme... Ocurrióseme también la idea de abreviar el suplicio dándome por entendida de la instancia y plantando en seco al exponente; pero ¿podía ser yo tan descortés con un hombre que no me había dado motivos para ello? ¿Y no me exponía también a que él me diera una lección, hasta de prudencia, afirmando que yo me curaba en sana salud, porque jamás había soñado con temeridades como la supuesta por mí? No tuve más remedio que resignarme a oírlo todo, cuando, deteniéndome en una de mis acometidas para marcharme, me dijo, casi lloroso de puro dulzón y suplicante:

»--Falta la segunda y última parte de mi pretensión, o, mejor dicho, la pretensión enteera. Le juro a usted que se la expondré en cuaaatro palabras.

»Y me la espetó, el condenado, en muy pocas más... ¡La misma con que yo contaba!

»En aquel instante vi entrar a Pepe Guzmán en el saloncillo. Este rudo contraste acabó de desconcertar la máquina de mis nervios. Claro que yo tenía que responder que no a las terminantes pretensiones del banquero; pero debía, siquiera, mostrarme deferente con sus buenas intenciones; darle la píldora, eso sí, pero no sin dorársela un poco, y para ello se necesitaba tiempo y serenidad, y hasta buen humor, y todo esto me faltaba a mí: el tiempo, porque me urgía para asuntos más de mi agrado; y la serenidad y el buen humor, porque no era posible poseerlos en una situación como la mía después de haber recibido a quemarropa un disparo como aquel. Adopté, pues, un temperamento mixto: el cumplido ramplón, las generales del Manual de la joven pudorosa y bien educada, suponiendo que exista... «Me sorprendía la pretensión..., carecía de precedentes..., hasta de merecimientos... El asunto era gravísimo... aun para expuesto de aquel modo, cuanto más para tratado a la ligera... A mí me iba bien con la vida que traía..., no había pensado en abandonarla tan pronto... y, en fin, que ya se presentaría ocasión más oportuna para hablarle yo del caso, con toda libertad y con mayor franqueza...»

»Con lo cual y una forzada sonrisa, el correspondiente ademán y la disculpa de que me llamaban desde la sala, escapeme del gabinete sin estudiar con los ojos la impresión que mis respuestas habían causado en las profundidades del banquero.

»Al pasar, noté que conversaban, en correcto francés, junto al piano cerrado, Leticia y el hermoso turco; y en los pocos instantes que me detuve con ellos, se acercó Sagrario a nuestra amiga, cuyo tipo componía admirablemente con el castizo oriental, para decirla en castellano:

»--Te recomiendo mucho que le trates como a cosa mía; pero no abuses.

»¡Qué presentes tengo hasta las pequeñeces de aquella noche!

»Pepe Guzmán me salió al encuentro con la misma serenidad y aparente indiferencia que si no hubiera entre nosotros lance alguno pendiente. ¡Y a mí me temblaba la mano al sentir el contacto de la suya! Hubiera jurado en aquel instante que me daba miedo su compañía. Tal era mi ofuscación, que ya comenzaba a darme un poco en qué pensar; y no es extraño enteramente: al fin y al cabo, aquel lance era el único aceptado por mí en todos los días de mi vida.

* * * * *

»¿Cómo empezó la escena? Hay que advertir que, con los preliminares orillados ya, quedaba en ella muy poco asunto que ventilar: digo mal, quedaban pocos trámites que seguir, porque el asunto, entero y verdadero, estaba contenido en lo que faltaba por esclarecer. Traduciéndole al lenguaje llano de la verdad, sin metafísicas ni sentimentalismos; considerándole fría y prosaicamente desde afuera, se trataba de que Pepe Guzmán me declarara que todos los elementos que él creía necesitar para que se fundieran los convenidos hielos de sus desilusiones, se reunían en mí, y de declararle yo, a mi vez, que en él se hallaban las prendas que me obligarían a renunciar a mi propósito, tan bien seguido hasta entonces, de no tomar en serio los galanteos. Todo ello, expuesto así tan desnudo, resulta cursi, y hasta el detenerme yo a declarar que lo es, pues por sabido debiera callarse; pero de algún modo ha de saberse que otros toques, más cursis aún para referidos, como lo de las condiciones que necesitaba él en una mujer para salir de su escondite, y lo de las prendas de que había de estar adornado un hombre para que yo me decidiera a quererle, etc., etc., ya se habían dado en el cuadro con toda la premeditación y hasta el ensañamiento y la alevosía que caben en un galán muy listo y escarmentado, y en una dama no tonta y menos dispuesta a perder el tiempo en juegos insulsos.

»Y a tal extremo llevo yo estos mis temores a lo cursi, que aun contando con que cualquiera que estos Apuntes les tendrá su alma en su almario y sabrá dar a las cosas la necesaria luz y el apetecido temple, renuncio a reproducir el diálogo literalmente, tal como lo conservo en la memoria. Precisamente comenzó la escena por ahí; es decir, por manifestarme Pepe Guzmán su convencimiento de que el lenguaje, como expresión de afectos íntimos y delicados, que tienen su principal incentivo en el fulgor de una mirada o en el contacto sutil de dos epidermis, estaba todavía sin hacer; tanto, que, en su concepto, hablar de lo que íbamos a hablar nosotros con los términos usuales del diccionario vulgar, era como empeñarse en tejer hilillos del rocío con palitroques sin pulir. Me pareció algo extremada la comparación, pero también muy al caso; y por lo que en ella me correspondía, se la agradecí de todo corazón. Por de pronto, nos dieron motivo estas y otras sutilezas semejantes para entrar en materia por caminos poco trillados por el vulgo de los que platican de amores; y este nuevo encanto tuvo para mí aquella escena memorable.

»Pero ¡qué diestro era el maldito en esta clase de empeños!, y yo, a pesar de mi fama de insensible y de mi reputación de traviesa, ¡cómo me dejaba conducir por donde él quería llevarme! Al principio su misma frescura me desalentaba algún tanto, porque llegué a temer que en aquel combate a muerte no hubiera más ardimientos que los míos, y que terminara por ir a clavarme yo, como una tonta, en la punta de su espada; pero bien luego observé que me engañaba, cuando vi reflejada en sus ojos, en su voz, en cada uno de sus ademanes, la elocuencia fascinadora del lenguaje que no se habla ni se escribe, pero que se deja leer y penetrar hasta lo más hondo de su sentido. Jamás había visto a Pepe Guzmán así, ni, por consiguiente, tenido ocasión de estimar la fuerza arrolladora que cabía en este nuevo aspecto de su trato conmigo. Halleme, pues, desprevenida e indefensa en aquel inesperado trance de prueba; perdí mi poca serenidad, y pareciéndome que el castillo no se desmoronaba tan aprisa como lo querían mis desatinadas impaciencias, yo misma puse mis manos en él, y me atreví a arrancar sus sillares, uno a uno, hasta dejarle arrasado. El trabajo fue rudo, pero la conquista más señalada. Los recios muros, que parecían inexpugnables, estaban convertidos en escombros, el hielo proverbial se había fundido.

»El conquistado paladín, al verme dueña y señora de su última trinchera, reclamó el derecho de tomar el desquite en la que me restaba de las mías, y reconocísele yo de buena gana. Comenzó el asalto; pero no necesitó grandes esfuerzos, porque bien pronto me declaré rendida.

»Entonces...,¡oh!, entonces, si mintió en lo que me dijo, no hay verdad que valga lo que aquellas mentiras. Si todo era una comedia, ¡qué bien la representaba! Pero, fuéralo o no para él, para mí era una hermosa realidad de la vida la parte que desempeñaba yo en la escena con todo mi corazón.

»Y ¿a dónde íbamos los dos por la florida senda en que acabábamos de encontramos como dos pastores de un idilio algo realista? Ni él me lo había dicho, ni yo se lo había preguntado, ni, en honor de la verdad y de la buena casta de mi ardoroso sentimiento, por no decir amor, se me ocurrió semejante pregunta. En determinadas situaciones, nacidas de circunstancias y precedentes como los que habían creado la nuestra, no se discurre como en los trances ordinarios de la vida. Se aceptan a ciegas para no retroceder... El paradero, Dios le sabe.

* * * * *

»Cuando hubo salido de nuestra casa el último de los tertulianos, me llamó mi madre a su habitación. Estaba ya acostada gran rato hacía.

»--Siéntate--me dijo en cuanto me tuvo delante--, y cierra esa puerta, porque tenemos que hablar despacio sobre cosas que no deben ser oídas.

»Extrañome la advertencia; pero cerré la puerta y me senté sin decir una palabra.

»--¿Sabes--me preguntó en seguida--, cómo ha quedado nuestro caudal a la muerte de tu padre?

«No lo sabía a punto fijo, aunque sospechaba que no debía de haber quedado muy floreciente, y así se lo manifesté a mi madre.

»--Pues no te equivocas--añadió--, aunque es difícil que adivines hasta qué punto llegan las mermas de lo que habla, y el desbarajuste de lo que nos queda. Una semana ha necesitado Simón..., mejor dicho, he necesitado yo, para que él me ponga al corriente de todas esas cosas en que estoy obligada a entender desde que falta tu padre. ¡Qué despilfarros, hija mía, y qué barullos!... Lo que Simón dice: «aquí no se ha tratado más que de pedirle dinero; grandes sumas, cada vez más grandes, sin pararse a considerar que no siempre lo hay disponible, y que cuando no lo hay así, el adquirido de prisa cuesta muy caro; y de este modo se van eslabonando unas trampas con otras... hasta que se llega al punto a que se ha llegado en esta casa». No vayas a creerte, hija mía, por esto que te digo, que estemos a pique de salir a pedir el pan que hemos de comer mañana; pero lo cierto es que el estado de nuestra fortuna es, relativamente, muy grave; que llegará a serlo mucho más si no se le pone luego el remedio que necesita, y que hay que decidirse a ponérsele, sin la menor tardanza.

»A mí se me ocurrían muchas cosas que decir a propósito de estas juiciosas ideas de mi madre, que parecía no acordarse de que habían sido sus enormes despilfarros la causa principal del desastre de que se lamentaba. Pero seguí callando y oyendo, hasta ver en qué paraban sus reflexiones y sus planes.

»--Simón--continuó diciendo--, no sé si es todo lo leal y sencillo que parece, o si de nuestro río revuelto ha logrado sacar las buenas ganancias que se le ven, y otras mayores que, según dicen, están ocultas; por de pronto, me consta que a tu padre le daba buenos consejos, y que él no quería tomarlos en consideración: tenía el pobre bastante bambolla, y esto le perdía. En dándole dinero abundante para satisfacerla, ya todo le era igual... Pero vamos al caso: sea Simón lo que fuere y valiendo lo que vale como inteligente administrador, no basta él para lo que hay que hacer aquí; porque ese milagro no ha de hacerse sólo con inteligencia, sino también con buenos puntales y con cierto interés... En una palabra, hija mía: en esta casa se necesita un hombre, rico, muy rico, que reemplace, no a Simón, sino a tu padre, en la dirección de ella... ¿Me comprendes bien?

»Creí comprender algo, que no me molestaba ciertamente, porque no estaba reñido con el recuerdo que llenaba mi memoria e informaba entonces todos mis pensamientos; pero, por si me equivocaba, respondí a mi madre que no. Pareció algo contrariada con la respuesta, y añadió:

»--Es necesario que te persuadas de que todo esto que te digo y lo que aún he de decirte, y los cuidados que me preocupan, no tienen más objeto que tu bien. Si de mí sola se tratara, muy distinto sería mi modo de pensar... Es tan poco lo que me resta de vida, que, por escasos que sean mis caudales, ha de sobrarme lo más de ellos... porque tengo el convencimiento, hija mía, de que he de vivir muy poco tiempo, ¡muy poco!, mucho menos de lo que tú te figuras..., y por lo mismo, me afano tanto hoy; porque si me muriera yo dejando las cosas en el estado en que se hallan, seria muy desdichado tu porvenir. El legado de tu abuelo no alcanza a cubrir tus necesidades en el pie en que estás educada y has vivido hasta aquí; y en cuanto a lo restante de nuestros bienes, tan embrollado hoy, ¿cómo estaría mañana en manos de una mujer sin experiencia y sin amparo? Porque tú, muerta yo, te quedarás sola..., enteramente sola; y esto, aun con mucho dinero y grandes rentas, es muy triste... En una palabra, hija mía, y para cansarte menos, ese hombre que se necesita aquí, inteligente y rico, no ha de ser un administrador, ni un asociado como otro cualquiera, sino tu marido. ¿Me entiendes ahora?

«Era lo mismo que yo había sospechado antes; y como no salía con ello de mis dudas, dije a mi madre que continuara explicándose, si es que tenía más que advertirme, como me lo iba temiendo yo; y añadió entonces:

»--Tengo ese hombre inteligente y rico que tanta falta te hace.

»Desde luego aposté en mis adentros a que no era el único que yo aceptaría, y hasta supuse quién podría ser el que me proponía mi madre.

»--No hace aún dos horas que me ha pedido tu mano--continuó aquélla, viendo que yo nada decía.

»Don Mauricio--apunté sin temor de equivocarme.

»El mismo--repuso mi madre.

»No me dio algo allí, porque, después de mi entrevista con el pretendiente, ya no podía admirarme nada que fuera de la especie de lo que le había oído a él; pero en la acogida que habían merecido a mi madre sus pretensiones, no dejaba de haber motivo para sorprenderme, y así se lo manifesté a ella.

»--Contaba con eso--me replicó--, porque desde luego supuse que sería una ofuscación suya lo de los grandes alientos que, según me dijo, le habías dado en tu respuesta; pero también contaba y cuento con tu buen juicio, con tu serenidad... y con el aprecio que has de hacer, por lo mismo, del consejo de tu madre, que no puede desear para ti sino lo mejor...

»Aquí comencé yo a tomar la cosa por lo serio, y se entabló una porfía, muy tenaz por mi parte; la cual atajó mi madre diciéndome con desusada dulzura:

»--Todo eso será verdad, y más que me cuentes; pero ¿y qué? ¿Serías la primera mujer joven y hermosa, y aun noble y rica, casada con un Creso feo... y hasta vicioso... y hasta ridículo, si quieres? De esto se ve todos los días, porque hay muchos motivos y grandes razones para que se vea... Quiero concederte todavía más: quiero suponer que tuvieras el corazón interesado por un joven hermoso, discreto, noble..., en fin, lo contrario enteramente de don Mauricio; y no quiero suponerlo, sino creerlo, porque así es la verdad, o yo no tengo ojos en la cara; supongo, pues, digo mal, creo que tienes el corazón interesado por un hombre así..., por Pepe Guzmán, en una palabra... Pues mejor que mejor para mis planes, y para tus conveniencias por consiguiente.

»Aquí me asombré ya mucho más que antes. Conociolo mi madre, y continuó así:

»--Te lo repito y te lo demuestro. Los hombres como Pepe Guzmán, no sirven para lo que tiene que servir aquí tu marido; y aunque sirvieran, no querrían, porque los ejemplares de esa casta... no se enamoran para casarse.

»Me ofendió el dicho como debe ofender un bofetón.

»--Eres una novicia todavía--añadió mi madre al notarlo--, aunque te juzgas y te juzgan los que no te conocen tanto como yo, llena de malicias y de experiencia. Yo soy vieja ya, y tengo de todo eso mucho más que tú para estas cosas del mundo. No se enamoran para casarse los hombres como Pepe Guzmán; y te añado que aun cuando éste quisiera ser contigo una excepción de la regla, tú no deberías consentirlo.

»--¿Por qué?--exclamé sin poderme contener.

»--Por... varias razones--respondió mi madre muy serena y bajando más la voz--. Y vamos a tratar este punto con toda franqueza, porque en él se encierra toda la cuestión. Por de pronto, los hombres de cierta pasta..., como la de ese, son una calamidad para maridos de las mujeres a quienes han amado solteras: la razón es que los hábitos adquiridos en el mundo en que han vivido los hace incompatibles con lo que se llama, muy fundadamente, «prosa de la vida conyugal». Comienzan por desencantarse y por aburrirse, y acaban por desviarse... Es ley infalible: la cabra tira al monte... Y lo que digo del hombre de esas condiciones, es aplicable a la mujer... de las tuyas. ¿Amas a Pepe Guzmán? Pues ten por seguro que dejarías de amarle si te casaras con él.

»--Pero, Señor--pensé aturdida al oír esto--, ¡también mi madre!... Porque esta es la teoría de Sagrario... y la de Leticia, o yo no estoy en mis cabales... ¿Es que hay algún mal espíritu encargado de conducirme a donde yo no quiero ir?

»--¿Te asombras?--preguntome mi madre, conociendo lo que me pasaba--. Acaso no me haya explicado bien; porque en mis intenciones no hay motivo para ello. Si te hubiera puesto el ejemplo de tus dos amigas más íntimas, y de tantas otras que conozco y que conoces lo mismo que yo; si te hubiera dicho: «te conviene para marido el hombre que te he propuesto, por lo mismo que es raro y tiene vicios y mala fama; o lo que es igual, todo lo que necesita por pretexto una mujer de mundo para lograr de casada, con cierto derecho, lo que no le es lícito a una soltera»; si hubiera pretendido yo que aceptaras al banquero antipático para sostén y pantalla de debilidades y caídas con los galanes de tu gusto; si fueran estas mis intenciones al decirte lo que te he dicho, tendrías razón para sorprenderte; pero se trata de cosa muy distinta y más honrada. Don Mauricio es hombre del día; entiende sus conveniencias, y por ello respetaría las tuyas..., porque tú no habías de pretender nada que no fuera usual y admitido entre las mujeres de tu rango; y como no le amas ni puedes amarle, no hay que temer en ti los desencantos ni las terribles consecuencias que éstos traen en los matrimonios por amor. Por añadidura, serás libre y considerada, y tendrás quien guarde y prospere tu hacienda, y te mantenga en la abundancia que necesitas para vivir sin contrariedades ni privaciones. Esto quiero para ti; esto puedo proporcionarte, y con esto te brindo... ¿A qué respetos falto, ni a quién ofendo con ello?

» ¡A qué respetos faltaba!..., ¡a quién ofendía con ello! ¡Y a mi se me amontonaban en tropel las respuestas que estaban reclamando aquellas preguntas inconcebibles en labios tales; corolarios artificiosos, o, cuando menos, muy mal deducidos de unas teorías repugnantes a mi naturaleza de mujer de honradas inclinaciones y a mis sentimientos de enamorada! Y pude dominar mi indignación, por respeto a las intenciones de mi madre, que no eran, que no podían ser las que cualquiera tendría derecho a leer en la letra descarnada de sus precedentes advertencias, encomios y recomendaciones;

cualquiera menos yo, que conocía hasta qué punto cegaban a aquella señora las pompas y vanidades del mundo, y con qué facilidad transigía con los riesgos más graves, si la costumbre los autorizaba y si sus planes de bambolla los pedían. «¡Dinero, dinero a todo trance, y mundo esplendoroso en que lucirle! «Este venía a ser, en substancia, el objeto, el fin, la aspiración única, y hasta la religión de mi madre, y por eso, creyendo de buena fe que en ello trabajaba por mi felicidad, al ofrecerme por marido a don Mauricio, intentaba, con tan poca prudencia, desvanecer los escrúpulos que yo tuviera para aceptarle.

»Respondí, pues, lo menos que pude; pero aun así, estuve dura con ella.

»Continuó la entrevista un buen rato todavía, hasta que me dijo:

»--No puedo más, hija mía. El hablar me fatiga mucho, como ves, y las molestias y los dolores se me agravan. Estoy hecha una ruina..., vivo de milagro, no hay que darle vueltas... Dejémoslo aquí por hoy; y ahora, recógete... y medita; pero con serenidad, con todo tu discernimiento. Pésalo y mídelo todo bien... y ya verás cómo, al fin y al cabo, vamos a estar de acuerdo.

»¡Qué horas las de aquella noche, Dios mío! ¡Y yo que, muy pocas antes, esperaba encontrar en ellas los más regalados sueños de mi vida!

»¡Que pesara..., que midiera!... Y ¿en qué otra cosa que en pesar y en medir lo que mi madre quería, podía yo emplear aquellos siglos de tinieblas en la tortura de mi lecho?

»No es para descrita, por su complicación y colorido de pesadilla, mi batalla mental; pero merece apuntarse el hecho de que cuando las primeras claridades del alba vinieron a orientarme en el antro y a desvanecer las últimas visiones de mi enardecida fantasía, sobre el montón de ruinas a que en ella habían quedado reducidos los abigarrados ejércitos de fantasmas, comencé yo a levantar los cimientos de otro plan que pensaba poner en obra muy en breve.

»¡Que Dios le libre a un hombre de bien de que se ponga en tela de juicio su derecho a la camisa que lleve puesta; porque con eso solo, está en muy grave apuro de perderla!

XVI

Se sorprendió mucho mi madre cuando entré en su habitación a saludarla. Contaba con hallarme en el temple en que me había despedido de ella la noche antes, y me veía tranquila y sosegada, como si nada me hubiera pasado.

»--¿Has dormido bien?--me preguntó.

»--Muy bien--respondí tan ufana como si fuera verdad.

»--Luego no has meditado...

»--Ha sobrado tiempo para todo.

»--¡Yo he pasado muy mala noche!

»--Y debía ser cierto, porque parecía un cadáver; pero, así y todo, dudo que su noche fuera más mala que la mía. Díjela que lo sentía en el alma, y me preguntó, sonriendo a la fuerza:

»--Y ¿qué has resuelto?

»--Esperar.

»--¿A qué?

»--A lo que resulte del plan que yo también he formado.

»--¡Has formado un plan?

»--¡Yo lo creo! Y ¿por qué no había de formarle?

»--Efectivamente:¿por qué no habías de formarle? Y ¿va a ser obra larga?

»--Pienso que sea muy breve.

»--Más valdrá así.

»Muy poco más que esto hablamos entonces. Antes de almorzar, envié, bajo sobre cerrado, una tarjeta a Pepe Guzmán, con el ruego de que no faltara por la noche a mi casa. Este trámite era del programa formado por mí. Un detalle que recuerdo bien: al escribir en la tarjeta lo poco que necesitaba, anduve tanteando fórmulas hasta encontrar una en que no se diera tratamiento alguno a mi amigo. ¡Y de qué buena gana le hubiera tuteado! Pero la noche antes había quedado nuestra amistad en el punto en que el tú, aunque se impone ya, todavía asoma con mucha timidez a los labios.

»Durante el día me hizo mi madre muchas insinuaciones acerca de la naturaleza de mis planes; raterías que se caían de inocente, para tirarme de la lengua. ¡A buena parte venía!

»Como las horas se me hacían eternas en casa, salí en carruaje con una de mis tías, mientras la otra se quedaba acompañando a mi madre, no sé cuántas veces, a comprar cosas que no necesitaba y a visitar iglesias en que ni rezaba ni leía. Y lo cierto es que mejor estaban mis negocios para encomendados a Dios, que para otra cosa. Pero andaban, a la sazón, mis pensamientos tan a flor de tierra, que no se me ocurrió elevar una súplica al único juez que podía fallar en justicia el pleito que me desvelada.

»En estas idas y venidas, cuidaba mucho de no encontrarme con gentes conocidas, o de fingir que no las había visto, si el encuentro era inevitable. ¡Y cuántas de ellas vi! Parecía que el diablo se empeñaba en ponérmelas delante y que se había encarnado en mi tía; porque, como si no me acompañara para otra cosa, no cesaba de apuntármelas con el dedo, ni de exclamar: «¡Mira Fulano!» «¡Mira Menganita!...» «Casa-Vieja te saluda...» «Agur, Ramiro». ¡La hubiera arrojado por la ventanilla de muy buena gana!

»Llegó la hora de comer, y comí tan poco como la víspera, porque aunque los motivos eran diferentes, la mortificación de las impaciencias que me desganaban era la misma un día que otro. También me encerré en mi tocador en cuanto me levanté de la mesa: igual que el día antes; pero esta vez no fue para estudiar en el espejo afeites ni aliños que me embellecieran, sino para afirmarme en mis ya bien firmes propósitos, dando un repaso mental a lo que me tocaba hacer y decir para cumplimiento de la más delicada e interesante cláusula de mis planes.

»En fin, y viniendo a lo que importa, a la hora acostumbrada llegó Pepe Guzmán a mi casa. Como no era noche de tertulia, había en ella muy poca gente; y yo, sin pararme a considerar si faltaba o no a «las conveniencias», y atenta sólo a lo que me interesaba, le conduje al gabinete mismo en que el banquero «se me había declarado»; elegí un sitio en él donde pudiéramos hablar sin servir de espectáculo a la gente del saloncillo; senteme allí, y roguele a él, con una mirada y un golpecito con la mano en el sillón inmediato, que se sentara también. Sentose; clavó en los míos sus ojos, dulces y elocuentes, como si en ellos quisiera mostrarme estampado todavía el idilio de la noche anterior..., y me encontré sin ánimos para decir la primera palabra. Todas las fuerzas con que contaba para llevar a cabo mis proyectos, me habían faltado de repente. Sentí vibrar y conmoverse dentro de mi algo que era como la luz y el estímulo de la vida, y mis flaquezas de mujer hicieron una de las suyas, llenándome los ojos de lágrimas y el pecho de sollozos, que a duras penas logré sofocar.

»Viéndome así Pepe Guzmán, tomó una de mis manos entre las suyas; y envolviéndome en una mirada, que fue para mí lo que el rayo de sol para un cuerpo aterido, díjome con expresión y acento de cariñosa ironía, disimulo evidente de otras impresiones muy distintas:

»--Aquí pasa algo muy grave, por las señas de esas lágrimas después de tu recado de esta mañana... Veamos lo que es...; se entiende, si me es lícito saberlo.

»Rehíceme casi en el acto, por empeñarme en ello, antojándoseme que tenía algo de ridícula aquella crisis histérica; volví a recobrar la resolución perdida; y retirando mi mano de las de Guzmán, con el pretexto de necesitarla para enjugarme los ojos, dueña ya de mi serenidad, enterele de todo lo que ocurría..., de todo no, puesto que omití lo del parecer de mi madre sobre los casamientos por amor.

»--Mientras hablaba, iba observando yo el efecto de mis palabras en el atento escuchante.--También este trámite estaba apuntado en el programa.--Ni un músculo se contrajo en todo su cuerpo, ni el menor gesto alteró la expresión serena de su semblante. Como si se tratara de una historia del otro mundo.

»La que yo le relataba, no podía tener en mis labios más que un objeto solo: el de dársela a conocer como una desventura mía, necesitada del dictamen sesudo y de los consuelos cariñosos y desinteresados de «un buen amigo». Mi derecho no alcanzaba a más..., ni siquiera a disminuir un poco los motivos que yo tenía para sentir allá dentro, muy adentró, el frío de aquella inalterable serenidad, por más que este detalle fuera suceso previsto como posible en mi programa.

»Despúes que se enteré de todo, me preguntó, sin abandonar su expresión de irónica afabilidad:

»--Y ¿por qué te has apresurado tanto a informarme de ello?

»--Porque es caso de urgencia--respondí--, y necesito un consejo.

»--¿Precisamente el mío?

»--Precisamente el tuyo (¡con qué gusto usaba ya este pronombre!); pero el tuyo sólo, entiéndase.

»--¿Por pura curiosidad?

»--Para seguirle al pie de la letra..., a ojos cerrados, sea cual fuere. Lo he jurado así.

»--¡Pobrecilla, y con qué decisión me lo dice!

»--Como todo cuanto te he dicho y prometido.

»--Mira que si me arguyes de ese modo, vas a hacerme perder la cordura que necesito para que el consejo sea digno de quien me le pide.

»--Pues venga pronto el consejo..., porque no respondo de mí.

»Omito, en obsequio a la brevedad, la ortografía que usábamos mi interlocutor y yo para este lenguaje hablado. De la intención de lo escrito aquí en determinados pasajes, se desprende con harta facilidad.

»Vuelta a enjuiciarse la escena, continuó de este modo Guzmán:

»--Según me has dicho, es grande el empeño de la marquesa...

»--Hasta el entusiasmo.

»--Y tú, por tu parte, sin contar con extraños auxiliares, ¿no has hallado en la repugnancia que la idea de ese casamiento pueda producirte, fuerza de convencimiento y resolución bastantes para resistir?

»--Repugnancia y convencimiento, y fuerza y decisión para resistir tuve, y todo lo empleé inútilmente.

»--No lo entiendo, tratándose de en carácter como el tuyo.

»--Pues con todo eso y algo más, que no es de este momento y me llega muy al alma, me di a cavilar anoche..., ¡qué horas aquéllas, Virgen santa!..., y cavilando sin cesar, y pensando y midiendo, como quería mi madre..., ¡que Dios te libre, de la tentación de pensar demasiado, cuando necesites decidirte pronto y a tu gusto! Yo ya no sé a qué atenerme sobre ciertas cosas; qué se entiende por bueno ni qué por malo; si el error está en mi modo de ver, o en la manera de conducirse los demás; si soy yo la mala cuando pienso que obro bien, o si son ellos los buenos cuando me parecen una canalla; cuál es lo noble ni cuál es lo vil. Decídelo tú, que ves mejor en esas confusiones que a mi me ofuscan; y lo que decidas, eso haré. Ya sabes que lo he jurado.

--Aplaudo esos alientos--me dijo Guzmán entonces, sonriendo, pero no tan impávido como aparentaba--, porque, o yo me equivoco mucho, o has de necesitarlos muy pronto. Y vamos ahora al consejo. Un enamorado de estos de la turba multa, digámoslo así, de pensamientos levantados y cristianos procederes, al oír a su dama llorar cuitas como las que tú me has confiado, y al pedirle ella el consejo que tú me has pedido, tocaría el cielo con las manos; la negaría hasta el derecho de dudar en tal conflicto, porque entre la exigencia del tirano y los mandatos del amor, nunca vacilan los que bien aman, y acabaría la escena por decidirse ella a arrostrar el hambre, las mazmorras y aun la muerte, antes que consentir en ser de otro, y por jurarla él, viéndola tan firme y tan constante, que con los dientes sabría arrancar los clavos mismos de las puertas que la encerraran. Pero en nuestro mundo, hija mía, pasan las cosas de muy distinto modo que en el mundo de aquellos inocentes: hay otros móviles y otros fines, otras luces y otros horizontes; y tú y yo, si bien nos miramos, en nada nos parecemos a los enamorados de mi ejemplo... En virtud de lo cual (que yo te explanaré, si lo deseas), y en vista de lo que arrojan los autos de tu pleito, es mi parecer, hijo de mi larga observación en ese linaje de conflictos, y muy principalmente del interés que tengo en tu felicidad, tan eslabonada con la mía, que te avengas a los deseos de tu madre y aceptes la rica mano que te ofrece don Mauricio.

»¡Esto si que no estaba previsto en mi programa! Que Guzmán no me abriera las puertas de su casa al saber lo que me ocurría, previsto como posible lo tenía yo; pero que él mismo me empujara hacia la casa del banquero, eso ya no cupo en mis presunciones. Pues bueno: con este desencanto y todo, que me dolió como una puñalada en el corazón, no sentí esas sublevaciones de la «dignidad ofendida», que tanto juegan en las pasiones de teatro. Sería así la calidad del hechizo con que me había fascinado aquel hombre; sería un milagro de la fe con que le oía, o un contagio de la peste que respiraba..., yo no sé lo que sería; pero así sucedió, y así lo confieso, aunque se tenga el caso por absurdo... ¡Absurdo! ¡Como si hubiera algo con lógica en los enredos de la farsa de nuestra vida!

»Conoció el desengañado consejero la honda impresión que produjo su descarnado consejo, y acudió solícito a templarla, a intentarlo, mejor dicho, con una detenida exposición de razonamientos que me es imposible reproducir aquí al pie de la letra, por falta de memoria para tanta minuciosidad; pero cuya substancia, que recuerdo bien, y no debe omitirse en este pasaje de la historia de mi vida, era la siguiente:

»Si el matrimonio no fuera más que una carga de sacrificios y un palenque de proezas, donde un caballero demostrara a cada instante la firmeza del amor que sentía por su dama, él, Pepe Guzmán, por remate de nuestro idilio de la víspera, con lo que acababa de contarle yo o sin ello, se hubiera apresurado a implorar de mí el mismo favor que con tan rendidas ansias había implorado el banquero para sí. Pero no había que olvidar quién era yo y quién era Pepe Guzmán; en qué medio nos habíamos formado; a qué costumbres estábamos hechos; qué mecanismo era el de nuestro mundo, y por qué leyes se regía. Y teniendo esto presente, ni él ni yo podíamos desconocer que había en aquella patriarcal unión, por las condiciones esenciales de ella, un riesgo gravísimo en que indefectiblemente habíamos de caer nosotros. Si tomábamos el trance por lo serio, con todo su formulario de procedimientos ejemplares y virtuosos, el hastío era inevitable. Si por huir de él faltábamos a aquellas santas reglas de los perfectos casados, y conveníamos en que cada cual campase por sus gustos e inclinaciones, apuntarían entre nosotros las desconfianzas y las discordias, y con ellas los resabios groseros de la bestia, que, aunque se tapan y se doman, no se extirpan con la educación de la inteligencia. En ambos casos, el desprestigio de un cónyuge a los ojos del otro, y, por consiguiente, el desamor y la antipatía, cosa de muy mal gusto; y nosotros, nacidos para caer de muy alto en la locura de escalar el cielo, no debíamos morir de aquella prosaica y terrena enfermedad.

»Muy bien dicha me pareció la parrafada, pero muy poco conveniente para mí, que era la mosca de estos ditirambos de la araña. Aun acomodándome a ciegas a los propósitos que se transparentaban en la disertación; aun dando por bueno y por elevado (¡que no era poco dar!) todo lo que por elevado y por bueno daba él, ¿cómo se compaginaban aquellas sublimidades que me predicaba, con la prosa del banquero, que me ofrecía como una necesidad? No le apuró gran cosa el reparo...; verdad es que, quizás por llamar mi atención hacia otra parte más risueña, puso, como introito de su réplica, la extensa genealogía de su amor, con entretenidos comentarios sobre las diferencias esenciales entre el modo de nacer y desarrollarse la pasión que le había vencido, y los agradables entretenimientos que hasta entonces habían sido la única necesidad de su corazón; y como si hubiera adivinado mis «curiosidades» y se anticipara a satisfacer mis deseos, él mismo trajo a la colada algunas historias que a mí me interesaba conocer en toda su verdad: pecadillos sin malicia las más de ellas; rumores sin fundamento serio las restantes, como lo de Leticia, por ejemplo... Pues le creí, así como suena..., ¡yo, que tantas veces me había reído del candor de otras mujeres en casos parecidos!... Si no hay que darle vueltas: el corazón humano, «que nunca se engaña», es un odre henchido de equivocaciones en cuanto se apasiona un poco.

»Con esto, cuando llegó la ocasión de replicar a mi reparo, ya estaba yo mejor dispuesta a comulgar con ruedas de molino. ¡Bien lo sabía él! Despachose a su gusto derrochando primores de sofistería apasionada, esbozando proyectos, suavizando asperezas, dulcificando amargores..., en suma, exponiendo y sustentando, pero con nuevas razones y los más peregrinos vislumbres, la sempiterna teoría..., la de Sagrario, la de Leticia, la de mi propia madre; la que, desde la noche anterior, sentía yo en el aire que respiraba y en los rumores que oía. Sólo faltaba que me la repitiera él, y ya me la había repetido, sin que tampoco al oírla yo brotar de sus labios, trémulos por la pasión, saltaran a mi rostro «las lavas del volcán de mi dignidad ofendida». El mal espíritu me ataba de pies y manos para que fueran inútiles mis instintivas, resistencias.

»--¿Esa es tu última palabra?--pregunté, por conclusión, a Pepe Guzmán--. ¿Te ratificas en ella? ¿Estás bien seguro de que el consejo que me has dado es el que yo debo seguir?

»--Es mi última palabra--me respondió con la mayor entereza--; en ella me ratifico, y estoy seguro de que el consejo que te he dado es el que nos conviene que sigas.

»--Pues yo voy a cumplir mi juramento de seguirle al pie de la letra--, dije levantándome de pronto y sin saber si lo que sentía dentro del pecho entonces era el impulso de la decisión que me arrastraba, o el latir de un corazón dilacerado.

»Con la vehemencia con que se toman siempre las grandes resoluciones que pueden fracasar si se meditan mucho, entré en el saloncillo y busqué a don Mauricio, que con otras personas estaba haciendo la tertulia a mi madre en el gabinete frontero al en que yo había conversado con Pepe Guzmán. Me curaba muy poco de que pudiera llevar en la cara las huellas de la tempestad que aún no se había calmado dentro de mí; me era indiferente que mi casi encierro con aquél hubiera o no chocado a los demás tertulianos…, ¡pues podían venírseme con melindres de beata los que me estaban enseñando a pactar con el demonio para venderle la conciencia! Yo no veía más que los fantasmas de mi pesadilla, y, por el momento, a aquel hombre ridículo que acompañaba a mi madre. ¡Cielo santo! Por allí tenía que pasar yo para llegar a donde mi destino me arrastraba; y pasar por allí, por aquel, hombre, aunque no fuera más que pasar de largo, era, para una mujer de mi estómago, ir al patio de una cárcel, a la picota, a los cubiles del circo…, a las fieras mismas.

»Llamele aparte en la primera ocasión de ello que tuve, y le cité para el día siguiente, después del almuerzo. Lo inusitado de la cita y de la hora, movió en alto grado su curiosidad. Intentó satisfacer siquiera una parte de ella, echándome memoriales de un dulzor empalagoso; pero no me di por entendida.

»Al despedir más tarde a Pepe Guzmán, le encargué mucho que no faltara la noche siguiente, para darle cuenta minuciosa del cumplimiento de uno de los trámites más importantes de mi plan.

»Por último, al retirarse mi madre a su habitación, la advertí lo de la cita al banquero. Preguntome ansiosa que para qué, y me excusé de complacerla, recordándola nuestro convenio de no descubrirla mi plan hasta que estuviera ejecutado. En hablando a solas con el banquero, lo estaría… en lo que a ella le interesaba. Algo que llevaba yo bien a la vista en mi actitud, y, sobre todo, en mi cara, debió de darla a entender hacia qué lado me inclinaba en el asunto que tanto me había recomendado ella, porque no insistió en la pregunta y se despidió de mí muy afectuosa.

»En seguida me encerré yo en mi dormitorio… a velar, a padecer, a aturdirme con el pensamiento volteando entre las ondas de la tempestad que ya no me cabía en la cabeza.

XVII

Según lo convenido con mi madre, al otro día, en cuanto el banquero llegó, salí yo sola a recibirle. En la penumbra del salón, donde aguardaba, parecía el hombre una noche de verano: de tal modo relucían y titilaban sobre él verdaderas constelaciones de pedrería, hasta con su caminito de Santiago; que bien podía desempeñar este papel allí la enorme leontina de oro entretejido que trepaba por el hemisferio de su estómago. Además, apestaba el salón a patchouli y a pomada de geranio. No sé qué cara me puso, aunque me lo imagino, ni recuerdo en qué términos me saludé, ni las palabras con que yo le respondí. Sólo tengo presente lo que pasé después, estando los dos sentados, frente a frente, aunque con cerca de dos varas de alfombra de por medio; y lo que pasó dio principio en la siguiente forma, palabra más o menos:

»--Anteanoche--le dije, sin pararme a disimular la repugnancia con que abordaba aquel asunto--me insinuó usted ciertos propósitos...

»--Tuve, en efecto, esa dicha--me interrumpió, bastante desentonado por las emociones que debía de sentir en aquel instante.

»--Poco después acudió usted con las mismas cuitas a mi madre, sin aguardar a que yo le respondiera, como se lo tenía prometido.

»--No creí que se estoorbaran lo uno y lo otro.

»--Mal creído. Pero, en fin, ya está hecho. Y ahora, asómbrese usted: he resuelto despachar su pretensión... favorablemente.

»Es imposible pintar aquí las cosas que hizo y las finezas que me enderezó mi pretendiente, al oírme hablar en aquellos términos. Le faltó muy poco para darme las gracias de rodillas.

»--Todavía no--le dije conteniéndole--. Hay que deslindar antes los campos, y poner cada cosa en su sitio y a la necesaria claridad. Para ello, yo le hablaré a usted con toda la que piden las circunstancias, y usted no será menos explícito conmigo, en la inteligencia de que, siéndole o no, lo que aquí establezcamos ha de ser en adelante la ley de nuestra vida común.

»--Leyes son siempre para mí hasta los menoores deseos de usted. ¿Qué mayor dicha, qué mayor...?

»--Muchas gracias, y óigame ahora: usted es hombre que tiene vicios, no muy buena fama, y ya pasó de mozo algunos años hace... No se moleste usted en hacerme reparos, porque es perfectamente demostrable todo esto que afirmo.

»--Siga usted.

»--Sigo, y continúo afirmando que un hombre con todos esos contrapesos, por poco entendimiento que tenga, no puede creerse merecedor del cariño ni de la lealtad de una mujer como yo.

»--Repare usted que, sin hacer las debidas salvedades... y tal y demás, resuulta eso..., ¿cómo lo diré?, un poco... vamos... exxxtremaaado.

»--Resultará lo que usted quiera; pero hay que oírlo. Por consiguiente, al pedir usted mi mano, no espera, no puede esperar, que le dé con ella ese cariño, ni las llaves de mi corazón, ni el derecho de preguntarme siquiera por lo que yo tenga encerrado en él.

»--Lo que yo pido--díjome aquí el banquero, con una serenidad y un aplomo que no dejó de sorprenderme en él--, lo único a que aspiro, y usted no podrá negarme, porque no tengo yo la culpa de que no sea la envoooltura digna del tribuuto que la he tendido a usted con alma y vida... y tal y demás, es que lo pooco o muucho que me conceda sea de buena voluntad; porque, bien mirado el caaso, yo no he puesto a naaadie un puñal en el pecho para que se acepte lo que he ofrecido a caambio... de lo que usted quiera darme... y tal y demás.

»--Cierto; pero la misma gravedad de ese... caso, y el singular aspecto que presenta para mí, y hasta las mutuas conveniencias, no lo dude usted, me obligan a ser desengañada, sin temor de pecar de dura, con un hombre que con tan poco se conforma en negocio de tan grande entidad... En substancia, y para concluir, señor don Mauricio: yo acepto su mano de usted, con la terminante condición de que he de tener en usted la menor cantidad posible... de marido, con todos los privilegios e inmunidades que de este hecho se desprendan en beneficio de la libertad e independencia compatibles con el rango que ocupo en la sociedad, y con mis gustos e inclinaciones.

»Creí sorprender una sonrisa extraña en los resecos labios de mi pretendiente; el cual, y mientras se tiraba de la patilla derecha con mayor suavidad de la que podía esperarse de su naturaleza espasmódica, me dijo:

»--Y en virtud de esa condición tan... tan adsooluuta y exxteeensa, ¿no me sería permitido añadirla, antes de aceptarla, siquiera una salvedad..., pedir ciertas garaaantías?...

»--Doy, y no es poco, la de mi buena educación. ¿Le satisface a usted?

»--Como la mejor escritura púuublica--me respondió tendiéndome la manaza, que no rechacé porque fingí tomar el suceso como señal de despedida, y aproveché tan buena coyuntura para levantarme y dar por terminada la conferencia.

»--Para lo que falta que hacer--dije entonces--, entiéndase usted con mi madre..., que siente mucho no poder recibirle hoy.

»--De manera--preguntome él, muy cerca ya de la puerta del salón, poniéndose otra vez tierno y pegajoso--, que esto es ya cosa resueelta?

»--Enteramente resuelta.

--Y... ¿para cuáaando..., si no peco de...?

»--Para mañana, si fuera posible. Y sírvale a usted de gobierno, por lo que pueda importarle.

»No oí lo que me dijo en demostración de su contento, porque mientras un criado que había acudido a mi llamada le entregaba en el vestíbulo el sombrero y el bastón, yo buscaba, retrocediendo por el estrado, el camino del gabinete de mi madre, para darla cuenta del definitivo resultado de mis planes.

»Asombrose al conocerle, y no era para menos; pero le aplaudió de buena gana. Llevábamos aún medio aliviado el luto por mi padre, y la rogué que no fuera esto un estorbo para aplazar las bodas. Otro motivo de asombro para mi madre.

»Sin detenerme a sacarla de él con explicaciones que no eran del caso... ni muy fáciles de dar, salí del gabinete y me encerré en el mío... ¡a batallar de nuevo contra vestigios y fantasmas!... ¡Ociosas y bien excusadas mortificaciones!...

»Sagrario, Leticia, mi madre, Pepe Guzmán, todos mis «dulces enemigos» estaban complacidos ya. Ya estaba extendida mi respectiva patente de corso. De un momento a otro me la pondrían en la mano, y comenzaría a verse con qué «hígados» contaba yo para servirme de ella. Porque, si no era para esto, ¿para qué me la daban? Pepe Guzmán, en quien menos debía desconfiar yo, podría engañarme en cuanto a la sinceridad de su exposición de motivos; pero no en cuanto a la intención práctica de su consejo. Si éste no tenía el alcance que yo pensaba, era preciso convenir en que a mi consejero le faltaba el sentido común; y cabía dudar del corazón de aquel hombre, pero no de su gran entendimiento. Volví a poner toda la luz de mi discurso sobre esta mancha de su conducta conmigo; deseaba conocerla en toda su extensión para «indignarme» contra él: desesperado recurso de náufrago entre las bascas de su agonía; extender los desfallecidos brazos en busca de un asidero que no han de hallar; gastar las últimas fuerzas en inútiles tentativas, para hundirse primero. Eso me pasaba a mí: cuanto más me agitaba, más me hundía; cuanto más examinaba la mancha, menor la encontraba. Con el trabajo que empleaba en engrandecerla, acabé por borrarla... Y ¿por qué no? ¿Qué quitaba ni qué ponía en la intensidad de la pasión de Pepe Guzmán, un detalle de más o de menos sobre el modo de legalizarla ante las gentes? No había que confundir los impulsos del corazón con las rutinas sociales. Si lo principal era entre nosotros conservar vivo el fuego sacro, yo no tenía por qué escandalizarme de que él necesitara, para alimentar el que había en su corazón, ritos y procedimientos distintos de los que yo hubiera preferido.

»¡Ay, si llegaran a caer estos papeles en manos de una mujer de espíritu cristiano, que no olvide que voy pintando a la luz de aquellos negros días, y discurriendo al tenor de las leyes por que me gobernaba entonces!

»Pero ¡qué misterioso engranaje!, ¡qué mecanismo tan singular el de la máquina de las ideas! ¡De qué modo tan extraño se eslabonan en el cerebro las negras con las blancas, las tristes con las risueñas, las fúnebres con las cómicas! A mí se me ocurrió de pronto, entre la lobreguez de mis cavilaciones, que nuestro poeta Aljófar, cuando supiera lo que iba a suceder en breve, compondría una nueva variante (allá para sus adentros, porque al público no se atrevería a ofrecérsela) sobre la socorrida metáfora de la flor y la babosa. Yo sería la flor, por supuesto; flor nacida para «lucir sus colores y derramar sus aromas junto al enamorado clavel...» Y a propósito: ¿no se le había ocurrido a éste, quiero decir, a Pepe Guzmán, la misma o parecida comparación poética, con todas sus consecuencias realistas? Cierto que el banquero sería la menor cantidad posible de babosa; pero, al cabo, sería babosa, con su diente asqueroso y su estela repulsiva...; ¡Vaya si se le habría ocurrido! Y, ocurriéndosele, ¿qué habría pensado de esos rastros que las babosas dejan sobre las flores si no se madruga a recogerlas?... ¡Oh, qué diabólica idea se enredó con esta otra, de repente, y penetró en mi discurso, como ladrón artero en casa mal cerrada! ¡Cómo se revolvía entre las demás, y rebuscaba los escondrijos para saquearme el repuesto y hacerse dueña y señora de mi juicio!... Y ¡qué recio voceaba, allá dentro, muy adentro!... Y ¡qué afanes los míos para acallar sus voces, como si temiera que las ondas del aire las llevaran hasta él! ¡Desdichada de mí si las oía, o el diablo le inspiraba igual idea!

»Por la noche hablé con Pepe Guzmán, según lo convenido entre los dos. Le di cuenta de lo acordado con el banquero y con mi madre; y como mi resolución era más poderosa que mis fuerzas, los desfallecimientos de éstas se reflejaban demasiado en el ritmo de mis palabras y hasta en el color de mi rostro. Estimó mis torturas, ponderó mi heroísmo, ensalzó mi lealtad; pero no se compadeció de mí en aquellos decisivos instantes, en los cuales aún era posible imprimir nuevos rumbos a mi destino, cuando no lo intentó siquiera. Lejos de ello, y para mantenerme en los que él mismo me había trazado, desplegó nuevas pompas de su singular dialéctica, y encendió nuevas llamas con las cuales le costó bien escaso trabajo quemar los pobres restos de las alas con que aún pretendía yo volar por los espacios de mi deseo.

»Aquí debía darse por terminada nuestra entrevista; la última, por decreto de «el bien parecer», y hasta por conveniencia mía. En adelante, por lo menos hasta que la amarga copa se apurara, nos trataríamos como «buenos amigos» delante de las gentes... y nada más. De esto comencé a hablarle, cuando el demonio puso en sus labios una frase que me pareció el primer eslabón de la cadena a cuyo extremo había de salir engarzada la infernal idea; aquella que tanto me atormentaba en mi cerebro por el solo temor de que cupiera en el de mi enemigo.

»Y salió, ¡Virgen María! ¡Qué momento aquel! Ciega, insensible para cuanto me rodeaba, sólo veía y oía lo que pasaba dentro de mí. El corazón, fuera de sus quicios, me aporreaba el pecho, y sus golpes me parecían llamadas de medroso desamparado; sentíalos repercutir en lo más profundo de mi cabeza, y llamaradas de fiebre subían a caldearme las mejillas; estremecíanse todas las fibras de mi cuerpo, y veladuras fantásticas iban turbando la clara luz de mis ojos, al compás de los latidos del corazón.
»Nada pensé, nada dije, nada respondí. Toda la noción que me quedó de mi propia existencia, la invertí en recoger de aquella escombrera a que instantáneamente habían quedado reducidas vida y alma, los alientos necesarios para apartarme de allí. Y eso hice a duras penas.

»Pasé un día, dos y tres, sin pensar en nada, a fuerza de pensar mucho que no me interesaba, para no caer en las fauces de los pensamientos que temía. Durante aquella batalla, y hecho ya público el proyecto de mis bodas, al suplicio de ella se añadió el más insoportable de consolarme del forzoso alejamiento de Pepe Guzmán, con las tiernas finezas del banquero, señor legal de mis preferencias y atenciones, y las incisivas enhorabuenas de mis amigos y conocidos. Todo esto era superior a mis fuerzas. Pedí, rogué a mi madre que, si no había modo de vivir en nuestra casa sin la tiranía de aquellos testigos de mi tortura, anticipara todavía más el suceso que era la causa fundamental de ella. Y mi madre no comprendía cómo buscaba yo el remedio contra las hieles de una pócima sin fin, apresurándome a beberla; pero yo sí lo comprendía.

»Entre tanto, iba agotándose el caudal de pensamientos que cabían en mi cabeza, y a cuyo amparo acudía para defenderme del que tanto me espantaba y más me perseguía cuanto mayores eran mis mortificaciones... y más largas las ausencias de Guzmán. ¡Tal despilfarro hacía yo de ellos, sobre todo en las largas horas de mis desvelos! Ya no sabía en qué pensar, y entregaba el discurso a lo primero que se me entraba por las mientes.

»Una noche, por remate de la larga cadena de ideas incongruentes que había estado arrastrando, di en una bien extraña ocurrencia: la de hacer una imaginaria excursión por los interiores entenebrecidos de mi propia casa. ¡Qué grande era para la poca gente que la habitábamos! Además de grande, estaba muy mal ocupada por nosotras. Entre el dormitorio de mi madre y el mío, había dos salones, un pasadizo y mi cuarto de tocador. Mi madre se recogía antes que nadie, y quedaba al cuidado de una antigua sirvienta, vieja ya, muy fiel, pero muy dormilona. Cerca de mí, en un cuartito contiguo al tocador por un lado, y por otro al vestíbulo de ingreso a la casa, dormía mi doncella, muchacha muy leal, muy cariñosa, capaz de arrojarse por mí por el balcón a la calle; pero alegrilla de ojos y demasiado lista. El resto de la servidumbre ocupaba un sotabanco que mi padre había alquilado con este objeto, en su horror instintivo al tufo y al desaseo de la plebe. De manera que para dos parejas de mujeres tan separadas una de otra, aquella casa, durante las altas horas de las noches de invierno, en las que escasean los ruidos de la calle, con la espesura de las alfombras en el suelo y la abundancia de macizos cortinones que apagaban el rumor de las pisadas y hasta el sonido de la voz, era un completo páramo con su muda e imponente soledad. Un hombre mal intencionado podía ocultarse muy fácilmente... en el cuarto de mi doncella, por ejemplo, en el instante de disolverse la tertulia, cuando es menos notado cualquier movimiento y menos extraña la presencia de una persona; salir de su escondrijo en hora conveniente; hacer lo que se había propuesto, y aguardar en otro escondite a que los criados bajaran del sotabanco, abrieran las puertas, después de abierta la de la calle, y largarse a ella muy tranquilo. ¡Pues si la doncella estuviera de acuerdo con el ladrón!... ¡Qué espanto! Era preciso tratar de que durmiera abajo un criado, y, sobre todo, de aproximar mucho más mi dormitorio al de mi madre. Las cuatro mujeres reunidas sabríamos defendernos mejor de cualquier peligro... ¡Gran miedo pasé aquella noche!

»Pero ¿hasta dónde alcanzaban las raíces de estas ideas? ¿De dónde vendrían las semillas que las produjeron? Porque en el mundo moral, lo mismo que en el físico, nada nace de la nada, y cada cosa engendra su semejante.

»Aquellas preguntas y esta reflexión me hice entonces también, y sin respuesta se quedaron, quizás por ignorancia, o acaso por repugnarme ahondar en la materia con el análisis.

»Lo primero que al otro día me dijo mi madre fue que si persistía yo en mis deseos de que se anticipara la boda, estaba en su mano complacerme. Respondila que sí, cerrándome el camino a toda reflexión. Por la noche estuvo Guzmán en mi casa. ¡Qué daño me hacían sus estudiados y convenidos alejamientos de mí! Al despedirse, deslizó en mi mano un papel en muchos dobleces, que yo guardé con ansiedad de avaro, para entretener lo más triste de mis incurables desvelos, con el regalo de su contenido, fuera el que fuese, aunque casi le adivinaba.
»Llegó la hora, y desplegué la carta temblándome las manos. Era muy extensa, y estaba escrita en un papel muy tenue y con la letra muy apretada. Comencé a leerla, y al punto di con lo que yo más me temía...: la idea, ¡la diabólica idea! Allí estaba, saltándome a los ojos como chispa de volcán. Toda la carta no era otra cosa que el aliño estimulante en que venía preparada. ¡Qué astucia de Satanás! Rompí el papel en cien pedazos..., ¡como si con este pobre recurso borrara su contenido de mi memoria, y la voz del que le había estampado allí no resonara en mis oídos, ni el fulgor de su mirada penetrase por mis ojos hasta el fondo del corazón!

»El incendio se produjo otra vez; pero las fuerzas de mi discurso para huir de él por las callejuelas de extraños pensamientos estaban agotadas ya. Resolvime a contemplar el peligro cara a cara y a defenderme de él en mi última trinchera..., es decir, a poner el caso en tela de juicio.

»Valiéndome de un símil harto viejo, pero que me es aquí muy necesario para hacerme comprender más fácilmente, en aquella suprema ocasión me encontraba sobre el borde de un precipicio, sola, sin alientos para retroceder y comenzando a sentirme dominada por el vértigo de los abismos. Todos cuantos en el mundo tenían obligación de socorrerme, me habían empujado para colocarme allí: nada podía esperar de ellos; a lo lejos, sólo veía curiosos que se asombraban de mis resistencias y se reían de mis vacilaciones; abajo, en el fondo del precipicio, la algazara de las mujeres que me habían precedido en la caída; en derredor de mí, envolviéndome, asfixiándome como anillos de serpiente, una atmósfera de insanos elementos, narcótica, enervante; sobre la atmósfera, sobre mí, sobre el mundo entero, allá en lo Alto, donde debía de existir un código de moral como yo le presentía cuando me dejaba gobernar por mis propios instintos, inclinados a lo menos corrompido, ya que no a lo más honrado..., nada tampoco que viniera en mi auxilio... El Dios que a mí me habían hecho conocer en mi casa era «un caballero anciano, de muy buena sociedad»; algo serio por razón de su jerarquía, pero muy fino, muy complaciente y de una moral muy elástica; dispuesto siempre a incomodarse con la gente de poco más o menos, pero incapaz de faltar en lo más mínimo a las señoras del gran mundo que le honraban confesándole de vez en cuando y en los ratitos que las dejaban libres sus devaneos de hembras «eximias» del género humano...; un señor, en fin, por el estilo de mi difunto padre, aunque quizás no tan elocuente ni de tan distinguido porte como él... ¡Y nadie ni nada más a donde volver los ojos!

»Y, entretanto, al aceptar las reflexiones de mi madre y el consejo de Pepe Guzmán, ¿no había suscrito yo, implícitamente, un contrato de deslealtades y perjurios por el resto de mi vida? Y la que estaba resuelta a lo más, ¿por qué se detenía ante lo menos?
»Sobre estos ejes rodó todavía largo rato la desquiciada máquina de mi discurso..., hasta dar conmigo y con él en las negras profundidades del abismo.
»¡Oh, qué sola, qué triste y qué desamparada me vi!

»Veinticuatro horas después se realizaba en mi casa, por primera vez, lo más temeroso de mi imaginaria excursión por los interiores de ella; sólo que no era un ladrón de caudales el hombre que se escondía por la noche en el cuarto contiguo al de mi doncella y se escapaba al amanecer.»